KB121166

로크미디어가
유혹하는
재미있는 세상

ROK
MEDIA
로크미디어

이것이 법이다

이것이 법이다 24

2017년 7월 3일 초판 1쇄 인쇄
2017년 7월 6일 초판 1쇄 발행

지은이 자카예프
발행인 이종주

기획 팀 이기헌 왕소현
책임 편집 최전경

발행처 (주)로크미디어
출판등록 2003년 3월 24일
주소 서울시 마포구 성암로 330 DMC첨단산업센터 3층 314호
Tel (02)3273-5135 **Fax** (02)3273-5134
홈페이지 rokmedia.com **E-mail** rokmedia@empas.com

ⓒ 자카예프, 2015

값 8,000원

ISBN 979-11-6130-245-4 (24권)
ISBN 979-11-255-9575-5 04810 (세트)

이것이 법이다

24

자카예프 장편소설

로크미디어

CONTENTS

"도금학이 죽었습니다."

고문학은 마지막 보고를 하면서 한숨을 쉬었다.

"사고는 가스 폭발이라고 하더군요."

"가스 폭발?"

"네."

소방서의 말로는 가스로 가득 차 있는 상황에서 불을 켠 것이 실수였다고 한다.

"도대체 왜……?"

"모르지요."

다들 침묵을 지켰다.

도금학은 범인으로 자신들을 인도해 줄 가장 중요한 패였다. 하지만 그가 죽어 버림으로써 진범에게 갈 수 있는 다른 길이 완전히 차단된 것이다.

"직접적으로 손을 쓴 것 같더군요."

"직접적으로?"

"네, 가스관이 잘려 있었답니다."

노형진은 얼굴을 찡그렸다. 단순히 뒤에서 머리만 쓰는 줄 알았더니 과감하게 직접 나설 줄도 아는 놈이었다.

"그래도 일단은 강성태는 꺼낼 수 있지 않나?"

그나마 다행인 것은 수사가 진행되면서 강성태의 무죄가 드러나고 있다는 것이다. 하지만 노형진은 진범을 놓치고 싶은 생각이 없었다.

"하려면 확실하게 하는 게 좋습니다. 이런 녀석은 지금 잡지 않으면 또다시 똑같은 짓을 할 겁니다."

한번 성공했는데 그만둘 리 없다. 자신에게 불리한 것이 생기면 다시 움직일 가능성이 높다.

"그럼 어쩌자는 건가?"

"그 녀석을 자극해야지요."

"자극?"

"네."

"어떻게?"

"그 녀석은 아마도 박두민과 채권 관계에 있었을 겁니다. 그리고 그걸 해결하기 위해서 살인을 시도했을 겁니다."

"그렇겠지."

"그렇다면 재산이 상속된 이상 그 채권을 가지고 있을지도 모르지요."

"설마……."

"네."

노형진은 극단적인 선택을 하기로 했다. 가끔은 일을 해결하기 위해 극단적인 방식을 써야 한다.

"추심입니다."

추심. 노형진은 채권에 대한 추심을 실행하겠다고 하는 것이다.

"하지만 그건 좋은 생각이 아닌데?"

사채를 쓸 정도로 고통받는 사람들이었다. 그런 상황에서 추심을 하려고 하면 갚을 수 있는 사람이 있을 리 없다.

"압니다. 하지만 아까도 말씀드렸다시피 가끔은 독해져야 합니다. 모든 걸 해결하기 위해서는 말이지요."

노형진의 눈빛이 번쩍거리기 시작했다.

⚖

"아이고!"

"잠시만요!"

집 안으로 들어가는 집행관. 그리고 가차 없이 붙여지는 빨간색 딱지들.

"크흠……."

송정한은 불편한 얼굴이 되었다. 절망감에 울부짖는 사람들을 보니 속이 편하지는 않았다.

"꼭 이렇게 해야겠나?"

"네. 범인의 반응을 확실하게 알아내기 위해서는 어쩔 수 없습니다."

"그래도 그렇지……."

난데없이 벌어진 일에 송정한은 입맛을 다셨다.

"하지만 제대로 반응하는 사람이 없지 않나?"

상당히 많은 사람들을 추심했지만 특별히 이상한 반응을 보이는 사람은 없었다.

"일단 보이는 곳에서는 반응하지 않겠지요. 하지만 이미 그는 반응하고 있을 겁니다."

"이제 와서 박거태를 죽이려고 한단 말인가?"

"글쎄요."

노형진은 말하지 않았다.

물론 사람을 죽이려고 한 놈인 만큼 다시 채권자인 박거태를 죽이려고 할 가능성이 높다.

"하지만 이번에는 상황이 좀 다르니까요."

"다르다니?"

"조금만 기다려 주십시오. 그 녀석을 거의 끌어낸 것 같으니까요."

노형진은 차가운 눈으로 울부짖는 가족들을 바라볼 뿐이
었다.

⚖️

"너무한 거 아냐?"

"그러게."

수군거리는 사람들.

지금까지와는 전혀 다른 노형진의 행동에 다들 고개를 갸
웃거렸다.

지금까지 노형진은 친서민적이었다. 그런데 갑자기 압류
같은 걸 하면서 무리할 정도로 일을 진행시키는 게 사람들로
서는 이상하게 느껴지고 있었다.

"시끄럽고, 일해."

지나가던 송정한은 발끈하면서 사람들을 쫓아낸 뒤, 그들
이 흩어진 방향을 보고는 한숨을 쉬면서 노형진의 사무실로
들어갔다.

"오셨습니까?"

"노 변호사."

"네?"

"이번에는 좀 무리하는 거 아닌가? 사실 자네도 알다시피

이번에는 제대로 돈도 안 되네."

"압니다."

사채를 쓸 정도로 극한에 몰린 사람들이다. 그런 사람들에게 털어 봐야 재산은 얼마 되지 않는다. 그런데 노형진은 범인을 자극하기 위해서라고 해도 무리할 정도로 압류하고 있었다.

"더군다나 이쯤이면 반응이 왔어야 하는데 반응이 없지 않은가?"

이 정도 자극했다면 채권자라면 어떤 식으로든 반응을 해야 한다. 그런데 아직도 반응은 없었다. 그게 송정한은 답답해 죽을 맛이었다.

"반응은 있었습니다."

"뭐라고?"

그다음 순간 노형진의 말에 깜짝 놀라는 송정한이었다. 그는 지금까지 반응이 있었다는 소식을 듣지 못했기 때문이다.

"그게 무슨 소리인가, 반응이 있다니? 난 전혀 모르겠는데? 협박장이라도 온 건가?"

"아니요. 이번 녀석은 절대 협박장 같은 걸 보내는 놈이 아닙니다. 두 번이나 보셨잖습니까?"

"그건 그런데."

범인은 한 번은 음모를 짜서 박두민을 죽였고 또 한 번은 직접 움직여서 도금학을 죽였다. 결코 협박 따위를 하는 녀석이 아니었다.

"그래서 그는 벌써 움직임을 보이고 있더군요."

"움직임을?"

"네."

노형진의 말에 송정한은 고개를 갸웃했다. 움직임을 보였다는 것은 반대로 말하면 그가 누군지 알고 있다는 소리였다.

'채권자들을 감시한 건가?'

그건 무리다. 정보 팀이 있다고 하지만 자신들의 채권자들을 감시할 수 있는 상황은 아닌 것이다. 더군다나 그들을 쓰겠다고 신청한 적도 없다.

"도대체 무슨 소리인가? 말하는 걸 보니 그 범인을 아는 것 같은데."

"대충은요."

"대충은 안다고? 그런데 이런 짓을 한 거야?"

노형진의 행동에 기가 막혀서 말을 하지 못하는 송정한이었다. 하지만 노형진은 다 생각이 있어서였다.

"어쩔 수 없었습니다. 심증만으로는 아무것도 할 수가 없으니까요."

"아니, 상대방이 도대체 누구이길래 그렇게 자네가 비밀을 감춘단 말인가?"

노형진은 송정한의 질문에 잠깐 침묵을 지켰다. 그리고 주변을 바라보다가 문을 닫고 송정한의 귀에 뭐라고 속삭였다.

그 말을 들은 송정한의 얼굴이 딱딱하게 굳었다.

"그 말이 사실인가?"

"네."

"그런데 어째서……."

"어차피 이유야 많지요."

당장 눈에 보이는 것만 원한이 되는 것은 아니다.

보이지 않는 것, 사소한 말다툼 같은 것도 결국은 원한이 된다.

"제가 왜 이러는지 이해하시겠습니까?"

"음……."

송정한은 노형진의 말에 침묵을 지키고 고개를 끄덕거렸다. 노형진의 말이 맞다면 이건 엄청나게 복잡한 일이 된다.

"그래서 박거태는 뭐라고 하던가?"

"결국은 예상대로 하더군요."

"그렇겠지."

그는 지금 한창 돈을 쓰는 재미에 푹 빠져 있었다.

적지 않은 재산을 물려받은 것이다. 당연히 그 돈을 쓰느라고 정신이 없을 수밖에.

"조만간 움직일 겁니다. 아니, 우리가 움직일 수밖에 할 겁니다."

"그때는 모든 게 결판이 나겠군."

노형진은 고개를 끄덕거렸다.

"좋은 소식입니다."

"좋은 소식?"

"네, 도금학이 범인에 대한 증거를 남겼습니다."

노형진의 말에 박거태는 깜짝 놀랐다.

"그게 무슨 말씀이십니까? 증거를 남겼다니요?"

"박거태는 과거에 배신당한 경험이 있습니다. 그래서 그 배신에 대비해서 증거를 모아 놨더군요."

"그게 있다고요? 하지만 도금학은 이미 죽지 않았습니까? 더군다나 폭발로 인해서 죽었다고 하셨잖아요? 집이 날아갔다고…….."

"네. 그런데 생각지도 못한 곳에 정보를 남겼더군요."

"정보요?"

"도금학이 조직원이었던 거 기억하시죠?"

"네, 그렇게 들었습니다."

노형진은 설명을 차근차근 하기 시작했다. 도금학은 한번 배신당했기 때문에 만일에 대비해서 변호사에게 이야기해서 자신의 비밀을 감춰 놨다는 것이다.

"그에 대해서 좀 조사했습니다. 출감하고 난 후 상당히 조용히 지내더군요. 범죄도 안 저지르고 과거 조직원들과 연락도 안 했습니다. 그런데 그런 그에게 비밀이 뭐가 있을까요?"

"글쎄요?"

"그러니까 한번 캐 볼 만하다고 생각합니다. 어쩌면 살인 범을 잡을 수 있을지도 모릅니다."

노형진은 상기된 얼굴로 말했다.

"그런데 그걸 어디에 뒀는데요?"

"과거에 있던 합숙소에 뒀다고 하더군요."

"합숙소?"

"네. 그가 속해 있던 조직은 제법 큰 규모였습니다."

일반적으로 조직에는 새로운 조직원이 빈번하게 들어온다. 그런데 폭력 조직에는 그 나름의 위계 질서가 있다. 주먹으로 싸워서 이기면 형님으로 받드는 시대가 아닌 것이다.

그래서 새 조직원들을 합숙소에서 지내게 하며 훈련시킨다.

"그런 곳이 있군요."

"네, 그런데 보통 그런 곳은 산속에 사람들이 안 다니는 곳에 있기 마련이지요. 유언장에 따르면 그곳에 자신의 정보를 두고 있다고 했습니다."

"그런 곳에요?"

"그 말고는 아는 사람이 아무도 없으니까요. 양구 쪽에 있다고 하니 가뜩이나 사람이 없는 곳에 누가 더 가겠습니까?"

"그럼 그 녀석은 범인에 대해서 알 거라 생각하시나요?"

"그렇다고 생각합니다. 교사범이 누구든 간에 아무리 멍청해도 얼굴도 모르고 살인을 실행할 녀석은 없으니까요."

노형진은 힘들게 얻은 정보를 가지고 미소를 지었다.

"조금만 기다리세요. 그러면 범인을 잡을 수 있을 겁니다."

"글쎄요. 전 그다지 그 범인에 대해서 밉다는 생각이 들지는 않네요. 그 덕분에 엄청난 재벌이 되었으니까요."

"그런가요? 하하하."

하긴 그가 아니었다면 그는 여전히 지방의 가난한 선생님으로 남아 있을 것이다.

"그래도 범인은 잡아야지요."

노형진의 말에 박거태는 고개를 끄덕거렸다.

"잡을 수 있다면요."

"그럼 바로 움직여야 했네요. 내일 바로 그곳으로 갈 겁니다. 아마 그곳에서 관련 증거가 나올 겁니다."

노형진의 얼굴에는 미소가 가득했다.

⚖️

부아앙.

제법 거친 도로를 지나서 산으로 올라가는 차량. 하지만 산은 너무나 험했다.

"뭔 놈의 도로가 이렇게 지랄 맞아?"

송정한은 혀를 내두를 수밖에 없었다. 수많은 곳을 다닌 그지만 이렇게 지랄같이 도로 상태가 안 좋은 곳은 처음이었기 때문이다.

"아무래도 그런 곳은 사람이 접근하는 게 어려워야 하니까요."

"그럼 도대체 어떻게 다닌 거야?"

송정한은 얼굴을 찌푸렸다.

"트럭이나 SUV 같은 걸로 움직였겠지요. 그런 건 이런 거친 도로에서도 잘 다니니까."

"끄응…… 그런가?"

송정한의 차량은 독일산 승용차다. 좋은 차이기는 하지만 결코 이런 도로에서 쓸 만한 차량은 아닌 것이다. 그리고 결국 탈이 나고 말았다.

펑!

뭔가 터지는 소리에 송정한은 차에서 내려 타이어를 바라보았다.

"에헤, 터졌네. 터졌어."

"펑크요?"

"그래."

약간은 곤란한 얼굴이 된 송정한.

서울에서 양구까지는 시간이 제법 걸린다. 그래서 상당히 늦은 시간인데 이런 곳에서 터진 것이다.

"기다려 보게나."

송정한은 전화기를 들어서 보험사에 연락했지만 잠시 후 얼굴을 찡그렸다.

"적어도 두세 시간은 기다려야 한다는데?"

"적어도요?"

"그래. 너무 먼 것도 있고 출동도 상당히 밀렸대."

"음……."

노형진은 한참 고민하는 얼굴이 되었다.

지금도 약간 늦었는데 그렇게 오래 기다리면 어쩔 수 없이 야간에 산을 타야 한다. 그건 결코 좋은 일이 아니다.

"차 수리하고 내일 갈까?"

"글쎄요……. 가능하면 빨리 그걸 꺼내고 싶은데요."

"그렇다고 길 한복판에 차를 버리고 갈 수는 없잖아?"

"그건 그런데……."

노형진이 한참 고민하는 그때였다. 저 멀리 차량 한 대가 다가오는 것이 보였다. 시골에서 흔하게 쓸 만한 1톤 트럭.

"아, 저걸 얻어 타고 가죠."

"그럼 이건?"

난감한 듯 자신의 차량을 바라보는 송정한.

노형진은 그런 송정한에게 미안한 듯 말을 꺼냈다.

"일단은 제가 저걸 타고 가서 찾아오지요. 여기서 보험사를 기다리세요."

"뭐? 괜찮겠어?"

"어차피 버려진 창고인데요, 뭘. 요즘 시대에 호랑이가 있는 것도 아니고."

"하긴."

차라리 송정한은 남아서 수리하고, 노형진이 물건을 가지고 내려오면 함께 서울로 올라가는 것이 나을 수도 있다.

"그러면 그렇게 하세. 그런데 태워 줄까?"

"아마도 그렇지 않을까요?"

노형진은 지갑을 탁탁 두들기면서 씩 웃었다.

⚖️

"감사합니다."

노형진은 자신을 태워 준 사람에게 인사를 건네면서 트럭에서 내렸다.

"조심하슈."

"네."

노형진은 그에게 인사를 건네고 산을 타기 시작했다. 제법 거친 산이었지만 미리 등산복과 등산화를 신고 온 덕분에 어렵지 않게 타고 올라갈 수 있었다.

"망할 조폭 놈들, 이런 데서 훈련을 한단 말이지. 힘들어 죽겠네."

좋게 말하면 훈련이고, 나쁘게 말하면 사육이다. 신입이 들어오자마자 중요한 자리에 자리 잡을 리 없다. 그들이 가장 먼저 하는 것은 '몸빵'. 그러니까 선두에서 공격받는 자리다. 그렇다 보니 살을 찌워야 해서 이런 곳에서 돼지 사료 같은 것을 먹이면서 몸집을 키우고는 한다.

"헉헉."

그렇게 거칠게 단내를 풍기면서 산으로 올라가는 노형진.

그렇게 한 시간이 넘게 올라가고 나자 작은 분지와 함께 허름해 보이는 건물이 모습을 드러냈다.

"찾았다."

무척이나 오래되어 보이는 건물.

가운데 창고를 중심으로 그 뒤쪽에는 집이 한 채 그리고 그 맞은편에는 축사로 보이는 건물이 한 채 있었다.

"그쪽에서 말한 건물이 저곳이군."

노형진은 서슴없이 허름한 건물 안으로 들어갔다. 안으로 들어가자 낡아서 부서지는 벽지들이 을씨년스러운 모습을 만들고 있었다.

"이런 곳에 누가 오지는 않겠는데."

그러니 뭔가를 감추기에는 최고의 조건이라 할 수 있었다.

"여기 어딘가에 있다는 소리인데."

노형진은 집 구석구석을 뒤지기 시작했다. 이 집에 감춰 났다는 소리는 듣기는 했지만 그게 어디에 있는지 알지 못했기 때문이다.

그렇게 얼마나 지났을까?

"찾았다."

노형진은 오래된 벽난로 위쪽에 살짝 붙어 있는 작은 상자를 찾을 수 있었다. 만일 누군가 불을 피웠다면 바로 불타 버릴 수도 있는 위치였지만, 아마도 이곳은 쓰이지 않는다는 것을 알아서 그곳에 붙인 모양이었다.

　"녹음기? 범인과 대화를 녹음한 모양이군."

　살인을 문자로만 받아서 하는 놈이 있을 리 없다. 더군다나 전문 킬러도 아니니 말이다. 당연히 그는 그를 직접 만났을 텐데, 그 현장에서 녹음한 것이 가장 확실한 증거일 것이다. 목소리만 들어도 주변에서 알아들을 테니까.

　"빙고."

　노형진은 그걸 꺼내서 버튼을 눌렀다. 하지만 녹음기는 아무런 소리도 내지 않았다.

　"뭐야?"

　노형진은 탁탁, 녹음기를 두들겼다. 하지만 녹음기는 작동하지 않았다.

　"아무래도 배터리의 수명이 다한 모양인데."

　노형진은 그걸 가지고 가려고 자리에서 일어났다. 그리고 문 앞에 도착했을 때 어둑어둑하게 지는 해를 배경으로 누군가 서 있는 것이 보였다.

　"박거태 씨? 여기는 어떻게……?"

　노형진은 문 앞에 있는 박거태를 보면서 고개를 갸웃했다. 하지만 박거태는 대답하는 대신에 천천히 들고 있던 총을 들이밀었다.

"그거 내놔."

"그건…….."

"잔말 말고 그거 내놔."

사냥용 엽총이었다. 아마도 박두민의 재산 중 하나였을 것이다.

그걸 들고 있는 박거태의 얼굴은 잔뜩 흥분해 있었다.

"이게 무슨 짓입니까!"

"무슨 짓? 무슨 짓이기는, 진실을 감추려는 거지."

"진실?"

노형진은 얼굴이 점점 찡그러졌다.

"설마…… 박거태 씨가 범인이었단 말입니까?"

"그래, 그 망할 새끼를 죽인 건 나야. 그 새끼가 죽어야 내가 살 수 있으니까."

총을 들이밀면서 이를 빠드득 가는 박거태.

"돈독이 오른 그 새끼 때문에 우리 집은 시궁창으로 빠졌어. 아버지 병원비조차도 사채를 쓰게 하는 그 새끼 때문에!"

"그래도 그렇지…….."

"어차피 죽어도 아무도 슬퍼하지 않을 쓰레기야. 안 그래?"

"……."

노형진은 그 부분에 동의할 수밖에 없었다. 그가 죽었다고 슬퍼한 사람은 전혀 없었으니까.

"그 녀석 때문에 내 인생이 망가졌어. 그러니 그걸 보상받아야지."

노형진은 이를 뿌드득 갈았다.

"처음부터 당신이었습니까?"

"그래, 처음부터 나였지, 후후후. 그런데 그 망할 새끼가 증거를 남겼을 거라고는 생각도 못 했어."

"……."

"우리가 찾아간 건……."

"의외는 아니었어. 누군가 변호사가 올 거라고 생각은 했지. 가장 가까운 친척은 나였으니까. 나 말고는 아무도 없으니까."

형은 죽었고, 남은 친척은 자신뿐이다. 그러니 그 재산은 자신에게 넘어올 수밖에 없다.

"그걸 알고……."

"그래, 후후후."

광기에 번득이면서 총을 드는 박거태. 그는 천천히 노형진에게 다가왔다.

"그 멍청한 새끼들은 빚을 안 갚아도 된다니까 좋다고 시키는 대로 하더군. 도금학 같은 경우는 아예 관심도 없었지만 말이야. 10억을 준다고 하니 넘어오더군."

하긴 도금학 같은 경우는 어차피 막장이다. 돈을 빌리기는 했지만 진짜로 갚을 생각이 없었을 수도 있다.

"하여간 이제 그 녀석이 죽었으니 그 재산은 내 거야. 모른 척 적당한 시점에 나타나려고 했더니 의외로 너희들이 먼저 나타난 거야. 나야 고마웠지. 그 덕분에 자연스럽게 재산을 넘겨받을 수 있었으니까. 하지만 너희들이 이렇게 악착같이 주범을 찾으려고 할 줄은 몰랐지."

일반적으로 변호사들은 자기 일만 하고 만다. 주범을 찾거나 사건을 해결하는 데에는 전혀 관심이 없었다.

"어쩔 수 없었습니다. 우리 진짜 의뢰인을 빼내려면 범인을 잡아야 해서요."

"하? 웃기는군. 그 몇 푼 안 되는 녀석을 꺼내기 위해서 진짜 돈 되는 사람을 놓친다고?"

"그런 돈은 안 반갑거든요."

"그래? 난 반가워. 너무나도 반가워서 누구든 죽여 버리고 싶을 만큼."

총을 들이밀고 다가오는 그의 모습에 노형진은 주춤주춤 뒤로 물러났다.

"그럼 도금학 씨도?"

"그래, 그 녀석도 내가 죽였지."

"도대체 왜요?"

"첫 번째는 네놈 말대로야. 그 녀석은 내 정체를 알고 있지. 절대로 기분 좋은 일이 아니야. 두 번째는 돈 때문이지. 내가 어떻게 얻은 돈인데 그런 깡패 새끼한테 10억이나 줘야 해?"

"결국 자기 신분이 드러날까 봐 그런 거군요."

"일은 깔끔하게 처리하는 게 좋은 거니까."

범죄에 이용했던 녀석들이 잡히거나 자수하는 것을 보면서 박거태는 불안감을 느꼈을 것이다. 그나마 다행인 것은 녀석들과 접점이 없다는 것.

하지만 접점이 있는 도금학은 그의 신분을 알고 있었다.

"그래서 죽였군요."

"그래, 후후후."

집에 가서 가스선을 잘라 두는 것은 어려운 일이 아니었다. 그것도 모르고 도금학은 술을 잔뜩 사 와서는 술안주로 같이 먹을 만한 것을 데우려고 불을 켠 것이다.

"그런데 그 녀석도 멍청한 놈은 아니었나 보군, 이런 걸 준비한 걸 보니."

노형진은 한숨이 푹 나왔다.

"아뇨, 멍청했습니다."

"하긴 네놈보다 멍청할까."

주춤주춤 물러나다가 어느 틈엔가 안으로 들어온 노형진. 그리고 유일한 입구를 막고 있는 박거태.

"적당히 물러났다면 목숨은 건졌을 텐데 말이지."

천천히 엽총을 치켜올리는 박거태였다.

그는 애초에 노형진을 살려 보낼 생각이 없었다. 아니, 살려 둘 수가 없었다.

이것이 법이다

노형진은 그런 그를 보면서 침을 꿀꺽 삼켰다.

"잘 가라, 멍청아."

노형진만 죽이면 모든 것은 사라진다. 그리고 자신은 가난 뱅이 처지에서 벗어나 갑부가 되는 것이다.

딸깍.

"응?"

박거태는 방아쇠를 당겼다. 그런데 들리는 건 '탕!' 하는 발사 소리가 아니라 '딸깍' 하는 쇳소리뿐이었다.

"뭐야!"

그는 황급하게 다시 당겼지만 총알은 날아가지 않았다. 딸 깍 소리만 날 뿐이었다.

"이런 쌍!"

그는 그걸 던지고 미리 준비해 온 칼을 꺼내 들었다.

"준비성 하나는 철저하군요."

노형진은 그걸 보고 마치 감탄했다는 듯 말했다.

그걸 본 박거태는 이상하다는 생각이 들었다. 보통 이런 상황에서 총알이 안 나가면 도망치거나 자신에게 덤벼들어 야 정상이다. 그런데 감탄을 하다니?

거기에다가 그의 얼굴에는 묘하게 비웃음이 서려 있었다.

"하지만 저도 준비성은 철저해서요."

"뭐?"

하지만 그는 대답하지 못했다.

"꼼짝 마! 손들어!"

구석에 쌓여 있는 박스들이 무너지면서 그 뒤에서 나오는 사람들. 그들의 손에는 권총이 들려 있었다.

그리고 그들이 내미는 것을 보면서 박거태의 얼굴은 사정없이 일그러지기 시작했다.

"경찰……."

"네, 경찰이죠."

도대체 경찰이 왜 여기 있단 말인가?

말도 안 된다. 여기는 아무도 모르는 장소라고 했다.

박거태는 주위를 경계하면서 도망갈 생각을 했다. 하지만 그럴 수가 없었다. 어느 틈엔가 입구를 다른 경찰이 막고 있었기 때문이다.

"설마 내가 멍청하게 이 막혀 있는 창고에 제 발로 들어왔겠습니까?"

그는 노형진이 물러나면서 창고에 갇혀 버린 거라 생각했지만 사실은 반대였다. 도리어 노형진은 그가 도망갈 수 없도록 창고 안으로 유인한 것이다.

"어…… 어떻게……."

박거태는 어이가 없다는 얼굴이 되었다. 자신이 이렇게 함정에 빠진다는 것이 이해가 되지 않았다.

"움직이지 마. 칼 버려. 안 그러면 총알이 날아갈 테니까."

경찰의 경고.

그는 자신의 칼을 바라보았다. 마음 같아서는 당장 달려들어서 노형진을 죽이고 싶었지만 그럴 수는 없었다. 아무리 자신이 빨라도 총알보다 빠를 수는 없었던 것이다.

쨍그랑.

결국 요란한 소리를 내면서 콘크리트 바닥에 떨어지는 칼. 그리고 그런 박거태에게 다가와서 수갑을 채우는 경찰.

박거태는 허망한 표정으로 노형진을 바라보았다.

"어떻게 한 거지? 어떻게…… 내가 범인인 걸 안 거야?"

"그냥…… 처음에 당신이 한 실수 때문에요."

"실수?"

"네. 그때 당신은 작은아버지가 죽었다는 소식을 처음 들었다고 했습니다. 그런데 범인이 잡혀갔다는 소식은 안다고 했지요."

말도 안 되는 두 가지 사항의 충돌. 노형진은 거기에서 이상함을 느꼈다.

"당신에 대해서 조사를 좀 해 봤지요. 과거에 소위 말하는 영재라고 할 만한 사람이더군요. 그런데 어느 순간 몰락해서 지방 학교에서 선생님을 하고 있다는 게 이해가 되지 않았지요."

"그런……."

"그래서 좀 알아봤습니다. 당신이 망가진 가장 큰 이유가 바로 박두민 당신의 작은아버지인 것 같더군요."

아버지가 돌아가실 때 쓴 사채는 박거태의 인생을 좀먹었다. 형제임에도 불구하고 박두민은 악착같이 받아 내려고 했고, 돈을 갚을 수 없게 되자 박거태를 데려다가 거의 공짜로 부려 먹었다. 게다가 그 과정에서 온갖 모욕을 줬다.

"그만뒀다고 하지만 당신이 그 아래에서 일했다는 기록이 사라지는 건 아니거든요. 그렇다면 한 가지는 성립되지요. 도금학이 어떻게 몰래 그곳에 접근할 수 있었는가?"

박거태는 박두민을 위해서 일했기 때문에 보안 같은 것에 대해서 잘 알고 있었다.

"현장에는 문을 부수고 들어간 흔적이 없더군요. 그곳은 번호 키로 되어 있으니 그건 그 번호를 알고 있다는 뜻이지요. 과연 박두민이 자신의 채권자들에게 번호를 알려 줬을까요?"

바보가 아닌 이상에야 그럴 리 없다.

"사실 사건을 분석해 보면 결론은 뻔했던 거죠."

박두민이 죽음으로써 가장 이득을 볼 사람은 누구인가?

"그건 뻔한 거 아닌가요?"

더군다나 그곳을 그만두고 난 후 몇 년간 왕래도 없다. 그러니 무슨 원한이 있다고 하더라도 그에 대해 의심하는 사람은 없다.

"그럼 애초에 나한테 접근한 건?"

"그 채권 기록을 보려면 당신이 필요했거든요."

범인을 잡기 위해서는 어찌 되었건 채권 기록이 필요하다. 그런데 자신들에게는 그걸 요구할 권리가 없다.

이것이 법이다

"하지만 당신의 상속을 대행하는 변호사라면 이야기가 달라지지요."

채권 기록을 보고 그 안에서 대신 일했던 사람들을 찾는 것은 어려운 일이 아니었다.

뿌드득.

박거태의 입에서는 이가 부딪히는 소리가 들려왔다.

"아, 그리고 당신이 보낸 트럭 운전수는 이미 잡혔습니다."

"뭐?"

"설마 내가 혼자 온 게 진짜로 타이어에 펑크가 나서인 줄 알았습니까?"

이미 그의 방식은 알고 있다. 그렇다면 그가 공격할 수 있는 기회를 만들어 주면 되는 것이다.

"어…… 어떻게……?"

"트럭의 번호를 확인하셨어야지요. 강원도 트럭이 거기서 갑자기 나타나면 누가 봐도 의심합니다."

"강원도?"

"네."

이 시대는 구형 번호판을 쓰던 시대다. 미래에는 '○○가 ○○○○' 같은 식으로 번호를 표기하지만 이때는 '경기 ○○ 가 ○○○○' 같은 식으로 표기한다.

"이런 평일에 강원도 트럭이 여기까지 온다는 건 말도 안 되죠. 아마 우리를 감시하라고 보냈을 텐데."

"그런데 경찰은 어떻게……?"

아무리 감시를 위해서 보냈다고 해도 경찰이 온 건 이해가 되지 않았다. 결과적으로 자신이 올 걸 알고 기다렸다는 뜻이기 때문이다.

"제법 유명했거든요."

"뭐라고?"

"도금학 씨 조직 소탕 사건은 제법 유명했지요. 사실 누구도 모르는 폐건물이라고 하지만 그 당시 상당히 언론에 노출된 곳이기도 하죠. 당연히 인터넷을 조금만 찾으면 관련 정보가 나옵니다. 그렇지요?"

뿌드득.

노형진이 미소를 지으면서 바라보자 박거태는 이를 박박 갈았다.

맞는 말이다. 자신 역시 여기라는 사실을 알아차렸다. 하지만 너무 넓었고, 또 그 증거라는 것이 어떤 건지 알 수가 없어서 찾다가 포기하고 노형진을 노린 것이다. 그런데 그마저도 함정이었다니.

"그럼 증거라는 건…… 애초에 없었던 거냐?"

"아, 이거요?"

노형진은 빙긋 웃으면 녹음기를 재생했다. 그러자 그 안에서 흘러나오는 목소리.

─아아…… 할아버지의 명예를 걸고.

─대표님. 아무거나 말하라고 했지 할아버지는 왜 찾습니까?

─그럼 범인은 이 안에 있다?

─에효.

"이런 거죠."

노형진이 그걸 끄면서 빙긋 웃자 결국 참고 있던 박거태는 소리를 지르면서 그에게 달려들었다.

"이 개새끼!"

"이 새끼야! 가만히 있어!"

하지만 그의 소원은 이뤄지지 않았다. 이미 수갑을 찼을 때부터 경찰이 바로 뒤에 있었기 때문이다.

"이 개자식! 죽일 거야! 죽여 버릴 거야!"

거품을 물면서 소리를 지르는 박거태. 하지만 이미 그가 할 수 있는 것은 없었다.

"자, 그럼 돌아가죠."

"글쎄요……. 과연 당신이 나올 수 있다면 그렇겠지요."

한 건의 살인 교사, 한 건의 살인, 한 건의 살인 미수.

대가리에 총을 맞지 않은 이상에야 누구든 간에 그에게 최소 무기징역을 선고할 것이다. 설사 깎아 준다고 해도 최소한 25년은 살고 나와야 한다.

"아, 그리고 재산은 몰수될 겁니다."

"뭐?"

"범죄 수익은 몰수한다. 모르십니까?"

만일 사람을 죽여서 한 10년쯤 살다 나와서 그에게 물려받은 돈을 쓸 수 있다면 당연히 한국에는 근친 살해가 넘쳐날 것이다.

"하지만 재산은 몰수될 겁니다."

그렇게 되면 그에게는 남는 것이 아무것도 없다. 결국 출소한다고 해도 복수는 꿈도 꾸지 못하는 것이다.

"이놈, 죽여 버릴 거야! 죽여 버릴 거야!"

소리를 지르면서 끌려 나가는 박거태. 그리고 노형진은 그를 한심한 듯 바라볼 뿐이었다.

⚖️

"감사해유! 감사해유!"

나오자마자 노형진에게 굽신거리는 강성태.

그는 당장 노형진의 신발에 뽀뽀라도 할 기세였다.

"아니, 그렇게까지 하실 필요는……."

"아니, 말씀 낮추시라니까유! 제 은인인데 어찌 제가 말을 놓을까유. 그냥 동생이다 하시고 말 낮추셔유."

그의 말에 노형진은 어색한 얼굴로 함께 온 고문학을 바라보았다. 그러자 고문학은 피식 웃으면서 어깨를 으쓱했다.

"성태가 가끔 쓸데없는 똥고집이 있지요."

"끄응."

"자, 성태야, 두부다."

"아니, 성님. 두부를 사 오는 건 좋은디 왜 하필이면 깜장 콩 두부여유?"

"마침 백두부가 떨어졌대."

"아무리 그래도 글치, 깜장 콩이 모여유, 깜장 콩이."

"얌마, 요즘 검정 콩이 얼마나 좋은데."

"전 싫어요. 백두부 주셔유. 백두부."

"거참, 까탈스럽기는."

"아니, 제가 지금 나온 곳이 깜빵인디 그래도 대한민국의 자랑스러운 전통은 지켜야쥬."

"그게 왜 전통이야?"

티격태격하는 그들을 보면서 노형진은 왠지 사무실에 어줍지 않은 만담 콤비가 생기는 거 아닌가 하는 생각이 들기 시작했다.

변호사라고
배신하지 않는 것은 아니다

　"자, 자, 걱정하지 말고 쭈욱 들이켜셔유. 자, 자, 뭣들 혀. 잘 안 모시고."

　노형진은 옆에서 난리 법석을 떠는 강성태를 보면서 약간은 곤혹스러워했다.

　"저기, 난 이런 데 안 좋아하는데."

　"에이, 괜찮아유. 다들 그렇게 말하면서도 싫어하는 사람 못 봤어유."

　"진짠데."

　"에이, 제가 다 알아서 모신다니까유."

　노형진은 곤란한 표정으로 옆에 있는 아가씨를 바라보았다.

　'이거참…….'

강성태는 나오고 나서 은혜를 갚는다고 열심히 일하기 시작했다. 그걸 봐서는 그 근본이 나쁜 사람인 것 같지는 않았다. 하지만 문제는 그가 아는 일반적인 지식이 노형진과 많이 다르다는 것이 문제였다.

"오빠, 진짜 순진하다."

"그러게, 호호호."

노형진에게 술 한잔하자고 해서 마시러 왔더니 다짜고짜 데리고 온 곳이 룸살롱이었다.

"제가 충성주 하나 말아 드릴 테니 쭈욱 들이켜셔유."

"아니, 난 그럴 필요 없다니까. 술도 별로 안 좋아하고."

충성주란 일종의 폭탄주다. 맥주잔 위에 소주잔을 젓가락을 이용해서 살짝 걸친 후 머리로 탁자를 쾅 박으면 그 충격으로 잔이 빠지면서 폭탄주가 된다. 당연히 노형진이 좋아할 만한 것은 아니다.

"에이, 눈치 보지 마셔유."

"눈치가 아니라 진짜로 싫어해."

"야?"

강성태는 신기하다는 듯 바라보았다. 그동안 수많은 사람을 접대하고 또 놀았다. 정보 계통에 있으려면 그럴 수밖에 없다. 그런데 여자가 싫다니?

"설마…… 성님…… 고자…… 같은 건 아니쥬?"

"아니거든?"

"아니면…… 설마…… 남자…….'"

"콱!"

"죄송해유, 헤헤헤."

믿지 않게 웃는 강성태를 보면서 노형진은 한숨을 쉬었다.

"그냥 그런 게 있어."

"뭐, 그렇게 말씀하시면야……."

물론 노형진도 가끔은 여자가 그리울 때가 있다. 정신은 나이가 많은 게 몸은 젊은 일종의 괴리감이랄까?

'근데 이번에는 왠지 안 당긴단 말이지.'

과거에는, 아니 미래에는 이런 곳에서 노는 게 아무렇지도 않았다. 하지만 어느 순간 지겨울 뿐이었다.

'하고 나서 몰려오는 허탈감도 그렇고.'

노형진이 이런 곳에서 놓지 않는 가장 큰 이유는 다름 아닌 허탈감 때문이었다. 남자는 관계를 하고 나면 허탈감이 든다. 그걸 보통 현자 타임이라는 표현을 한다. 노형진은 그런 기분을 별로 좋아하지 않았다.

"난 이런 거 별로 안 좋아한다."

"알겠어유."

노형진이 못을 탁 박아 버리자 납득한 듯 고개를 끄덕거리는 강성태.

"오빠들 진짜 특이하다."

여자는 그걸 보고 피식 웃었다.

"뭐, 특이한 사람들이 잘 살잖아."

"호호호."

그들을 보면서 피식 웃는 노형진.

"그런데 오빠들은 직업이 뭐야?"

"이분으로 말씀드릴 것 같으면!"

"성태야, 그냥…… 말해."

"아…… 변호사님이여."

"오, 변호사!"

노형진의 말에 한 명은 놀랍다는 듯 표정을 지었다.

물론 그게 진짜 놀라운 건 아니다. 그저 의례적인 감정 표현이다. 그런데 다른 한 명은 대번에 얼굴을 팍 찡그렸다. 그것도 노형진의 파트너로 들어온 사람이 말이다.

"그래요?"

순식간에 차가워지는 얼굴. 그리고 냉소.

"야, 야, 표정이 와 그러냐?"

얼마나 티가 났는지 맞은편에 앉아 있던 강성태조차도 당황할 정도였다.

'이상한데?'

이런 곳에서 일하는 여성은 자신의 감정을 감추는 데 능하다. 안 그럴 수가 없다. 세상에 어떤 여자가 모르는 남자를 끼고 술을 마시는 걸 좋아하겠는가? 그것도 그 남자가 자신의 몸을 만지작거리는데 말이다.

"아니에요."

"아니긴 뭐가 아녀."

"그냥 그런 일이 있어야."

"어이구, 말하는 본새 보소. 안 되긋네. 야, 웨이터 좀 불러."

결국 발끈하는 강성태였다. 노형진에게 감사의 인사 겸해서 데리고 왔는데 이런 식이면 곤란하기 때문이다.

"성태야, 진정해라. 부르지 마."

"하지만 성님."

"부르지 말라니까."

"야."

하지만 노형진의 말에 바로 포기하는 그였다. 지금 이 자리의 주인공은 노형진이니까.

'특이한데?'

노형진도 회귀 전에 놀아 볼 만큼 놀아 본 사람이다. 당연히 이런 그녀의 행동이 정상이 아니라는 것쯤은 알고 있었다. 그래서 도리어 관심이 갔다.

"아가씨는 뭐가 그렇게 불만입니까?"

"아니에요."

"아니긴요."

"저 마음에 안 들면 바꿔 드릴게요."

도리어 자리를 이탈하려고 하는 그녀.

노형진은 그걸 보고 피식 웃었다. 대충 어떤 상황인지 알 것 같았기 때문이다.

"어디 변호사한테 뒤통수 맞으셨죠?"

여자가 눈을 크게 떴다.

"그걸 어떻게……?"

"어디 보자……. 보아하니 이길 수 있는 재판을 변호사가 개판 친 것 같군요."

"헉!"

"변호사가 아니라 점쟁이 아냐?"

심지어 상대방 여자까지 눈을 크게 떴다.

"음…… 보아하니 이 아가씨만 관련된 건 아닌 것 같고 여기 아가씨들이 다 관련된 사건 맞죠?"

"진짜 점쟁이 아니에요?"

"변호사 맞아요?"

심지어 짜증을 내던 아가씨조차도 눈을 크게 떴다.

"어떻게 아신 거예요?"

"기본적인 거죠. 일단 변호사라는 말에 화를 냈으니 변호사와 일이 있는 거고, 단순 연애 관련이라면 변호사란 직업에 관련 없는 거니까 업무적인 걸 테고, 내가 말하니까 저 아가씨도 반응했다는 건 저 아가씨도 안다는 뜻인데 말하는 걸 보니 양쪽은 그다지 친하지는 않아 보였거든요. 그럼 개인적으로 이야기를 나눴다는 건 아니니 공통된 사건일 테고, 이런 사건에서 접점이라고 해 봐야 직장일 가능성이 높지요."

"와, 짱이다."

"역시 성님은 대단하십니다."

노형진이 다 맞히는 듯하자 탄성을 지르는 건너편 아가씨와 강성태. 하지만 노형진의 파트너는 조용히 침묵을 지켰다. 그러더니 뜬금없이 손을 노형진에게 내밀었다.

"명함 좀 줘요."

"네?"

"명함 좀 달라고요, 의뢰 좀 하게."

"헐."

강성태는 깜짝 놀랐다. 여기서 의뢰라니.

심지어 다른 아가씨도 놀란 눈치였다.

"야! 또?"

"또는 뭐가 또야? 그런 녀석한테 당하고 이대로 있으라고?"

"하지만……."

"돈이 문제야, 지금? 응?"

노형진은 대충 그 아가씨 성향을 알 것 같았다.

정의로운 성격을 가진 타입.

이런 곳에 일한다고 해서 정의롭지 않은 건 아니다. 정의란 개인에 관한 게 아니라 집단에 관한 것이니까.

"진짜로 의뢰하려고요?"

"억울해서 잠도 못 자요, 지금."

"뭐, 그렇다면야."

일단은 자신에게 오지 않는다고 해도 다른 변호사에게 배당
해 줄 수 있기 때문에 노형진은 순순히 자신의 명함을 건넸다.

"한번 찾아와 봐요. 나도 무슨 사건인지 궁금하니까."

여자는 고개를 격하게 끄덕거렸다.

"노 변호사님."

"네?"

"손님이 찾아오셨는데요."

노형진은 고개를 갸웃했다. 예정에 손님이 없었기 때문이다.

"누구라고 하시던가요?"

"채시영이라고 하시는데요."

"채시영?"

모르는 이름이다. 하지만 자신을 찾아왔다는 것은 일단 자
신을 안다는 뜻이기 때문에 거절할 수가 없었다.

'뭐, 잡상인은 아닐 테니까.'

노형진은 들여보내라는 뜻으로 고개를 끄덕거렸다. 그리고
잠시 후 하얀 블라우스 정장을 입은 여자가 안으로 들어왔다.

"반갑습니다. 노형진입니다."

노형진은 인사하면서도 그녀가 누군지 알 수가 없어서 고
개를 갸웃했다.

"안녕하세요."

"죄송한데 누구시죠? 우리가 만난 적이 있던가요?"

"전에 만났죠."

"전에요?"

"네, 뜨거운 밤을 보냈죠."

"네?"

노형진은 당황했다. 그런 기억이 없기 때문이다.

'아니, 뜨거운 밤이라니? 이게 무슨 소리야? 내가 필름이 끊어진 적이 있었나? 애초에 요 근래에 술에 취한 적도 없는데.'

노형진은 그녀를 생각해 내기 위해서 노력했지만 전혀 기억에 없었다.

"죄송합니다. 기억이 안 나는데요."

"그래요? 그때는 좀 헐벗고 있어서 못 알아볼지도 모르죠."

"헐벗다니……."

더더욱 당황하는 노형진.

"기억을 잘 못 하시나 봐요, 오빠?"

오빠라고 하면서 슬쩍 책상에 기대는 그녀를 보면서 노형진은 순간 '설마.' 하는 생각이 들었다. 얼핏 보이는 모습이 어디서 봤는지 기억이 났기 때문이다.

"설화?"

"기억하시네요."

"기억이나 하죠. 그런데 뜨거운 밤은 안 보낸 것 같은데?"

그날은 그냥 그 방에서 술 마시고 끝이었다. 그런데 뜨거운 밤이라니?

"그냥 웃자고 한 소리죠."

"글쎄요. 남의 혼삿길 막기에 딱 좋은 농담입니다."

노형진은 쓴웃음을 지으면서 자리에 바로 앉았다.

"사건 때문에 온 겁니까?"

"네."

"보아하니 변호사한테 당한 것 같던데 어떻게 된 건지 알 수 있을까요?"

"변호사가 우리를 속였어요."

"속였다고요? 질 수밖에 없는 사건을 이길 수 있다고 하는 것 같은 건가요?"

"차라리 그런 거라면 이해라도 하죠. 변호사도 먹고사는 직업이니까 우리처럼 거짓말을 할 수도 있죠. 하지만 이길 수밖에 없는 사건을 진다는 건 문제가 좀 있어요."

"이길 수밖에 없는 사건을 진다?"

"네."

노형진은 고개를 갸웃했다. 이길 수밖에 없는 사건을 진다는 것이 이해가 가지 않았기 때문이다.

"사건은 이래요."

그 술집에서 일하는 사람들은 여러 명이다. 당연히 그들 중에는 친한 사람도 있고 매일 보는 사람도 있다. 그리고 그들은 모여서 계를 만들기로 했다고 한다.

"계요?"

"네."

계란 매달 멤버들이 돈을 모아 멤버 중 한 사람에게 주는 모임을 뜻한다. 이때 돈을 받는 사람은 매달 바뀌며, 달이 거듭할수록 위험부담 금액인 일정액의 이자가 붙는다.

가령 열 명이 10만 원씩 내기로 한 경우, 첫째 달에는 첫 번째인 멤버가 나머지 아홉 명에게서 10만 원씩 총 90만 원을 받고, 둘째 달에는 두 번째 멤버가 나머지 아홉 명에게서 90만 원에 이자를 더한 금액를 받아 가는 것이다.

당연히 초반에 받는 사람은 위험부담이 낮은 대신 금액이 적으며, 후반에 받는 사람은 위험부담이 높은 대신 받을 수 있는 금액도 많다.

"계주가 튀었군요."

"그게 문제죠. 계주가 감성락이라는 사람인데, 오래된 실장이라 다들 믿었거든요."

실장이고 오래 본 사람인 만큼 다들 그를 믿고 계에 가입했다. 그런데 그가 곗돈을 받고는 바로 튀어 버린 것이다. 당연히 돈을 낸 사람들은 엄청난 피해를 볼 수밖에 없었다.

"그래서 피해액이 얼만데요?"

"10억요!"

"픗!"

노형진은 무심결에 물을 마시려다가 깜짝 놀랐다.

"10억요?"

"네."

"아니, 무슨 돈이…….."

"거기에 일하는 사람이 몇 명인데요."

"그거야…… 끄응…….."

아마도 적지 않을 것이다.

"금액도 상당했군요."

"네."

화류계에는 이런 말이 있다. 손님은 티코 타고 나가고 아가씨는 그랜져 타고 나간다는 말. 무슨 뜻이냐면 그곳에서 일하는 아가씨들은 생각보다 많은 돈을 번다는 뜻이다.

"1인당 2천만 원씩은 잃었어요."

"적지 않군요."

"억울해서 잠도 못 자요, 다들."

대충 상황을 알 것 같았다. 아무리 그녀들이 돈을 많이 번다고 해도 2천은 적지 않은 돈이다. 하물며 처음 보는 남자의 품에 안겨 돈을 번다는 게 쉽지도 아닐 테고 말이다.

"그런데 변호사 때문에 속 터진다는 걸 보니 아무래도 변호사가 제대로 일을 못한 모양이군요. 그렇다는 건 돈을 가지고 튄 인간이 잡혔다는 소리고."

"네."

그 녀석은 잡혔다. 아가씨들은 당연히 돈을 받아 내기 위해서 소송을 했다. 이건 질 수가 없었다. 형사적으로 이미 입증된 사건이니까.

"그런데 졌다고요?"

"네."

노형진은 얼굴을 찌푸렸다.

'도대체 얼마나 병신 짓을 했기에 이런 사건에서 진 거지?'

덜 주는 것도 아니고 진 거라는 것에서 노형진은 이해가 가지 않았다. 더군다나 그 상대방은 형사처벌을 받고 있는 상황이라고 하지 않았나? 그런데 진다니?

"아주 대놓고 일을 안 했나 보더라고요."

"'보더라고'라니요? 누가 말해 준 겁니까?"

"그곳에서 일하는 남자 직원이요."

"아니, 왜요?"

"그 사람도 굉장히 어이가 없었나 보더라구요."

제대로 일도 안 하고 돈만 받아 챙기는 변호사를 보면서 그는 그만두기로 결심하고는 그 사실을 자신들에게 알렸다고 한다.

"10억이라……."

노형진은 고개를 갸웃했다. 10억짜리 사건이면 적지 않은 돈이다. 그걸 대충 하는 변호사는 없다고 봐도 무방하다.

"도대체 수임료로 얼마를 주셨는데요?"

"8천만 원요."

"적지 않게 주셨는데요."

"그래서 더 억울한 거예요."

수임료로 8천만 원이나 받고서 그렇게 날림으로 재판했다는 건 말도 안 된다.

노형진은 곰곰이 생각하다가 문득 드는 생각이 있어 입을 열었다.

"그럼 승소 비용은요?"

"네?"

"승소요. 이겼을 때 주는 돈."

"그런 건 안 줘도 된다고 했어요."

"끄응."

노형진은 대충 상황이 이해가 갔다.

일반적으로 이런 사건은 승소 비용을 달라고 한다. 그런데 승소 비용을 주지 않아도 된다고 하다니.

"도대체 왜 그런 사람한테 맡긴 겁니까?"

"일단 여자라 이해해 줄 거라 생각했어요. 거기에다 유명한 사람이라고 하니까……."

"이건 유명하지 않은 사람을 선임해도 이길 수 있는 사건이었습니다."

상대방은 이미 형사처벌을 받았다. 그러니 바보가 아닌 이상에야 재판에서 못 이길 수가 없다. 그런데 이 사람은 그걸 진 것이다.

'그는 일을 안 했고 말이지.'

이미 돈은 받았고 더 이상 받을 일이 없으니 일을 안 해 버린 것이다.

'젠장, 망할 놈들.'

가끔 이런 변호사들이 있다. 피해자의 감정과는 상관없이 자신의 이득에만 혈안이 되는 사람들.

"그곳에서 일하던 분이 그러더군요. 우리한테 화냥년이라 그랬다고."

"화냥년요?"

"네. 화냥년들이 몸뚱이 팔아서 번 돈인데 조금 잃어버린 게 어떠냐고, 몇 달이면 벌 돈인데."

그 말을 하면서 이를 뿌드득 가는 채시영.

노형진은 한숨만 나왔다. 이건 변호사로서가 아니라 인간으로서 낙제점인 인간이 아닌가?

'화냥년이라니.'

화냥년이란 과거 중국에 끌려갔다가 돌아온 여자를 말한다. 당연히 그 과정에서 좋지 못한 꼴을 당했고 사람들은 그들을 화냥년이라 욕하면서 멸시했다. 그리고 이 시대에 와서는 화류계에 일하는 여성을 낮춰 부르는 말이 되었다.

물론 이건 결코 좋은 일이 아니다. 하지만 아무리 그렇다고 해도 변호사가 의뢰인을 비하한다? 그건 절대 해서는 안 되는 소리다. 당장 일본에 끌려갔다가 돌아온 성 노예 사건에서도 친일파는 그분들을 화냥년이라고 비하하고 있다.

"우리도 좋아서 하는 거 아니에요. 물론 좋아서 하는 사람도 있겠지만 그런 사람이 얼마나 되겠어요. 각자 사정이 있어서 하는 건데. 그렇다고 우리가 누구한테 피해를 주는 것도 아니고."

"그렇지요."

직업이 좋은 직업은 아니지만 최소한 사기꾼처럼 남에게 피해를 주는 것은 아니다.

"그래서 이렇게 이를 박박 갈았군요."

"네."

하긴 화냥년이라는 소리까지 들었는데 화를 안 내면 그것도 이상한 일이다.

"그런데 그 여자가 어떤 여자인데요?"

"강화선요."

"강화선?"

노형진은 낯선 이름에 고개를 갸웃할 수밖에 없었다.

⚖

"그래서요?"

노형진은 강화선을 만나러 갔다. 하지만 그의 대우는 무척이나 어이가 없었다.

"창녀 몇 명이 그까짓 돈을 좀 잃어 버렸다고 문제가 되는

건 아니잖아요? 어차피 한두 달 몸 굴리면 어렵지 않게 만드
는 돈인데."

"뭐라고요?"

노형진은 강화선의 말에 너무 어이가 없어서 뭐라고 말을
해야 할지 잊어버릴 지경이었다. 그래도 한때 의뢰인이었던
사람이다. 그런데 창녀라니?

"더러우면 다시 소송하든가요. 민사의 좋은 점이 그거 아
닌가요?"

확실히 민사는 몇 번이고 다시 신청할 수 있다. 문제는 한
번 진 재판은 다시 넣어도 뒤집기 힘들다는 것이다. 결과적으
로 아무리 증거가 있어도 그걸 뒤집는 것은 쉬운 일이 아니다.

그리고 다른 문제도 있었다.

"그럼 돈이라도 돌려주시든가요."

"어머? 내가 왜요? 창녀들한테 달라고 하세요."

"유흥 쪽에서 일한다고 해도 우리한테 일을 맡기면 의뢰인
입니다."

"웃기네. 더러운 창녀들이 무슨……."

"이봐요!"

"진짜 보자 보자 하니까 나이도 어린 게 착한 척하는데
너, 나 알아? 아냐고! 어디에 대고 삿대질이야! 그리고 내가
미쳤다고 그 돈을 돌려주겠어? 그냥 그 창녀들한테 가랑이
몇 번 벌리라고 하면 되잖아!"

노형진은 강화선의 말에 입을 쩍 벌렸다.

'뭐 이딴 년이 다 있어?'

이건 도무지 말이 안 통하는 인간이었다.

물론 사람이 살다 보면 여러 가지 사람을 만나기 마련이다. 하지만 대부분의 사람들은 상식선에서 해결한다. 하지만 강화선은 상식이 없는 사람처럼 보였다.

"그냥 창녀 놈들한테 가랑이 좀 벌려서 벌라고 해. 엄밀하게 말하면 이렇게 번 돈, 불법 아냐? 내가 불법적으로 번 돈을 좋은 일에 쓰겠다는데 뭐가 불만이야!"

"그들은 피해자입니다!"

"그리고 그 돈은 불법적으로 매춘해서 번 거지. 안 그래? 최소한 난 법은 안 어겼어! 하지만 그년들은 아주 대놓고 실정법을 어긴 창녀라고! 창녀! 내가 왜 그딴 년들이랑 말을 섞어야 해?"

"당신, 보자 보자 하니까……!"

"야! 끌어내!"

결국 언성이 높아지자 바깥에서 들어온 직원. 그를 본 강화선은 당장 끌어내라고 소리를 지르기 시작했다.

"자, 자, 진정하시고."

결국 노형진을 진정시키면서 데리고 나가려고 하는 직원.

"당신, 협회에 고발할 거야!"

"하려면 해 봐! 대가리에 피도 안 마른 새끼가 어디서 어른한테 소리를 질러!"

길길이 날뛰는 노형진과 강화선.

"와, 씨발…… 사람 진짜 열 받게 만드네."

노형진은 어지간하면 사람에게 화를 내지 않는다. 하지만 그런 노형진조차도 속으로 분노가 터져 오를 만큼 엄청나게 머리에서 폭발할 것 같은 느낌이 들었다.

"자, 자, 진정하세요."

"지금 진정하게 생겼습니까!"

"하아, 저희도 압니다."

심지어 강화선의 부하 직원조차 노형진의 말에 수긍할 정도였다.

"아니, 무슨 변호사가……. 아니, 저건 변호사도 아니죠. 무슨 사람이 저딴 생각을 해요?"

"진정하세요, 한두 번 저러는 게 아니니."

부하 직원은 노형진을 진정시키려고 애썼다.

"이런 게 한두 번이 아니라서요."

"한두 번이 아니라고요?"

"네."

"끄응……."

"자기가 무척이나 상류층인 줄 압니다. 그래서 의뢰인이 자기보다 못났다고 생각하면 무척이나 무시해요. 더군다나 그 사건은 의뢰인이 하필이면 창녀……. 아, 죄송합니다, 저 인간이 그렇게 부르는 게 익숙해져서……. 하여간 화류계 근무자라……."

부하 직원은 노형진을 데리고 와서 커피를 사 주면서 한숨을 쉬었다.

　"아주 버러지 취급했습니다, 그만두고 나간 녀석이 다 이야기했겠지만."

　"네, 들었습니다. 화냥년이라고 했다면서요?"

　그 직원의 얼굴이 묘해졌다.

　"그나마 순화해서 말했군요."

　"네에?"

　노형진은 기가 막혀서 말이 안 나왔다.

　화냥년도 이루 말할 수 없는 모욕이다. 그런데 순화한 거라고?

　"돈 받고 나서는 아예 사람 취급도 안 했습니다."

　"아니, 왜요?"

　"인간이 아니라 짐승이라는 거죠."

　"그럼 일을 하지 말든가요."

　자기가 누군가를 싫어하는 건 법으로 어쩔 수 없는 부분이다. 하지만 변호사가 자기기 싫어하는 사람의 일을 담당하는 것은 양심적으로 피해야 한다. 당연히 일을 안 하니까.

　"8천만 원짜리 사건은 많지 않으니까요."

　"미친. 그러니까 돈은 받았고 나는 알 바 아니다?"

　"네. 현실이 그렇지 않습니까?"

　"끄응……."

노형진은 아무런 말도 하지 못했다. 문제는 그게 흔하게 벌어진다는 것이다.

'그게 문제야.'

사람들은 변호사에게, 특히 대형 로펌에 의뢰하면 무척 잘해 줄 거라고 생각한다. 하지만 사실 그렇게 열정적으로 사건을 해결하는 변호사는 극히 드물뿐더러 대형 로펌에는 일반인들이 모르는 비밀이 있다.

'대부분은 뻥이라는 거지.'

대형 로펌에서 상대적으로 소액 사건은 크게 중요하지 않다. 당연히 그런 사건들은 그다지 신경을 쓰지 않는다. 하지만 그렇다고 들어오는 사건을 거절하지도 않는다. 그것도 수임료를 주니까.

결과적으로 그 사건은 그냥 방치되는 것이다.

'누구든 대충 내보내니까 말이지.'

사건이 진행되면 일단 관련 서류를 제출한다. 그런데 그걸 작성하는 것은 자신이 아니라 법에 대해서 좀 아는 직원에게 맡겨 버린다. 그러다 보니 심한 경우 법적인 지식이 변호사보다 직원이 더 많이 아는 경우까지 생긴다.

'그렇다고 뭐라고 할 수도 없고.'

대표적인 예가 사건은 작은데 변호사 이름란에 여러 명이 올라가는 것이다.

모르는 사람은 '이렇게 최선을 다해서 사건을 해결하고 있구나.'라고 생각하지만 사실 그건 그날 시간이 남는 변호사 중 아무나 나가라는 뜻이다. 소액 사건은 그런 식으로 대충하는 로펌이 많다.

그래서 소액의 경우는 차라리 혼자 일하는 변호사를 선임하는 게 나을 수도 있다. 그들은 그 사건 하나하나에 최선을 다할 수밖에 없으니까

'그렇다고 해도 이건 너무하잖아.'

일반적으로 10억 원짜리 사건이면 어지간한 로펌에서는 최선을 다해 준다. 그런데 이렇게 아주 대놓고 일을 안 하다니.

"결국은 돈 때문입니다, 하아."

"아무리 돈이 좋아도 그렇지……."

"그때 땅을 사는데 돈이 조금 부족했거든요. 그래서 대출을 받아야 한다고 하더군요."

"허."

그러니까 대출을 받아야 하는데 때마침 8천만 원짜리 사건이 들어온 것이다.

"그러면 제대로 일이라도 하든지요!"

"그게 쉽게 되나요? 애초에 그 사람의 입장에서는 버러지나 다름없는 사람들인데."

결과적으로 자신의 돈 욕심 때문에 의뢰인에게 피해를 준 것이다.

'저런 녀석들 때문에 변호사들이 욕을 먹는 건데, 하아.'

노형진은 한숨을 쉬면서 고개를 흔들 수밖에 없었다.

⚖️

"강화선?"

"네."

"글쎄…… 잘 아는 사람은 아닌데."

노형진은 송정한에게 혹시나 강화선이라는 이름을 아는지 물어봤다. 그런데 송정한도 그다지 아는 변호사는 아닌 듯했다. 하긴 그런 식으로 구는 변호사가 유명 변호사일 리 없다.

"왜 상대방 변호사야?"

"사실은……."

노형진이 설명을 조금 하자 송정한은 약간은 곤혹스러운 얼굴이 되었다.

"그 돈을 받아 내려면 변호사를 고소해야 하잖아?"

"그렇지요."

"쉽지 않을 텐데?"

"그게 문제입니다."

일단 그가 의뢰를 받아서 소송을 진행했다. 그리고 졌다.

문제는 그게 돈을 돌려줄 조건은 아니라는 것이다. 재판을 하다 보면 사건에서 질 수도, 이길 수도 있는 일이니까.

"결과적으로 소송해서 이기려면 명확하게 그가 일을 안 했다는 증거가 있어야 하는데 말이죠."

"명확한 증거는 없다는 건가?"

"네. 사건 기록을 분석해 봤는데 일단은 필요한 서류는 제대로 내기는 했습니다."

서류가 제대로 작성되어 있지 않았다는 게 문제지만.

"내용을 보니까 아무래도 직원이 작성한 서류인 것 같더군요."

"그렇겠지."

"하아."

일단 관련 서류들은 들어갔다. 그리고 재판할 때 꼬박꼬박 출석도 했다. 당연히 배임으로 보기에는 약한 것이다.

"판사가 변호사 편을 들어 줄 거라는 것도 알지?"

"알지요."

판사의 입장에서는 자신이 나가면 변호사가 된다. 그런 상황에서 과연 돈을 돌려주는 것을 쉽게 인정할까?

'그럴 리 없지.'

결과적으로 그 돈을 돌려받기는 힘든 것이 현실이다.

"아마 그녀가 확실하게 배임했다는 증거가 없으면 그럴 걸세."

"아무리 그래도 강화선이 바보는 아닐 텐데요."

노형진은 이미 그가 제출한 사건 서류를 분석했다.

아주 절묘하게 대충 내면서도 할 만한 말은 다 써 놔서 결과적으로 지기는 했지만 아예 놀아 재낀 것은 아니라는 식으로 볼 만한, 애매한 방식이었다.

"거참, 애초에 이런 식으로 하느니 차라리 열심히 하는 게 좋았을 것을."

송정한은 그 서류를 보더니 어이가 없다는 듯 혀를 끌끌 찼다.

"차라리 그냥 일단 민사를 걸어서 곗돈을 받아 내는 것부터 하면 안 됩니까?"

무태식은 고개를 갸웃하면서 물었다. 하지만 송정한은 고개를 흔들었다.

"무 변호사의 말이 기본적으로는 맞네. 하지만 문제가 있지. 판사들이 재판의 결과를 뒤집는 걸 무척이나 싫어한다는 거 말이야."

"아! 그러네요."

"물론 소송을 넣을 수는 있네. 수십 번이든 넣을 수 있지, 민사니까. 하지만 바로 얼마 전에 자신이 했던 판결을 단 몇 달 만에 판사가 뒤집을까? 그러려고 하진 않을 걸세."

형사소송에는 일사부재리의 원칙이라는 것이 있다.

한 번 처벌을 하면 그걸로 다시 고소하지 못한다는 것이다.

반면에 민사는 원하면 몇 번이든 넣을 수 있다. 그러나 송정한이 말한 대로 이미 판결 난 걸 뒤집는 것은 쉽지 않다.

하물며 시간이 많이 흐른 것도 아닌데 같은 재판관에게 다시 배정될 경우, 자기가 한 판결을 뒤집으려고 할 리 없다.

"뒤집고자 한다면 그에 맞는 타당한 뭔가를 줘야 합니다."

"타당한 뭔가?"

"네, 자신이 책임지지 않아도 되는 뭔가를요."

결론은 그것이다. 자신이 책임지지 않아도 된다는 것.

자신이 책임지기 싫은 만큼 그 핑계를 만들어 줘야 재판 결과를 뒤집을 수 있다.

"그리고 그게 강화선의 재판이군요."

"네."

재판에서 지난 재판의 잘못이 그녀에게 있다는 것을 확실하게 한다면 판결을 뒤집을 수 있다.

"물론 2심에 가면 당연히 뒤집히겠지만…… 그 시간이면 범인은 돈을 감추고도 남을 시간입니다."

강화선이 한 가장 큰 실수는 바로 항소 기간을 넘겨 버린 것이다. 일반적으로 항소는 그 결과 통지를 받고 2주 안에 해야 한다. 하지만 강화선이 통지를 받고도 누구한테도 말하지 않은 결과 2주의 항소 기간이 넘어가 그 재판 결과로 확정된 것이다.

"그걸 뒤집는 건 쉽지 않겠죠."

"그러게 말입니다."

"일단은 소장을 넣도록 하지요."

"그건 그러지요."

강화선 사건도 중요하지만 일단 원금을 보존하는 것이 중요하다. 그리고 그러기 위해서는 소장을 넣고 그 돈에 가압류를 해서 확보해야 한다.

"일단은 조금만 더 노력해서 사건을 해결해 봅시다."

그렇게 노형진은 사건이 쉽게 해결될 거라 생각하고 있었다.

⚖️

그렇게 소장을 넣고 시간이 지났다.

사건이 배당되고 다시 시작되려면 시간이 좀 걸리기 때문에 노형진은 그사이에 사건과 관련된 파일들을 정리하고 사건을 진행하고 있었다.

그렇게 재판 기일을 기다리는 와중이었다. 갑자기 문이 열리면서 무태식 변호사가 창백한 얼굴로 들어왔다.

"노 변호사님."

"아니, 왜 그러십니까?"

노형진은 고개를 갸웃했다.

무태식도 이제는 상당히 경험을 많이 쌓은 사람인지라 어지간하면 당황하지 않는다. 그런데 그의 모습은 생각지도 못하게 뒤통수를 맞은 얼굴이었다.

"무슨 일 있습니까?"

"지난번의 그 사건 말입니다."

"그 사건?"

"그 곗돈 말입니다."

"아, 그거요? 드디어 뭐가 왔나요?"

일전에 소송장을 넣었으니 당연히 무슨 답장이 왔어야 정상이다. 그래서 노형진은 그걸 기대하고 물었던 것이다. 그런데 그 말을 하는 무태식의 얼굴은 왠지 묘한 표정이었다.

"오기는 했습니다만."

"오기는 했다?"

"네."

"그런데 왜 그러십니까?"

"그게 좀 당황스러워서요."

노형진은 그의 말에 고개를 갸웃하면서 무태식의 손에서 서류를 받아서 열어 봤다.

"별로 이상한 것도 없는 사건인데요, 이건. 깔끔하게 들어온 답변서네요. 이건 뭐가 딱히 이상한 건……."

하지만 노형진은 말을 하다 말고 멈출 수밖에 없었다. 서류의 뒤쪽에 적혀 있는 변호사의 이름을 보고 기가 막혀서 말이 안 나올 지경이었다.

"지금 장난해?"

노형진이 자신도 모르게 그렇게 말할 정도로 놀라는 것. 그건 그 변호사 이름란에 익숙한 이름이 적혀 있었기 때문이다.

"이런 개 같은 경우가……."

거기에 적혀 있는 이름, 강화선. 지난번에 이쪽에서 사건을 했던 그 인간이었다.

"이런 미친년을 봤나!"

물론 변호사가 누구와 계약하든 그건 상관없는 일이다. 법적으로 제한이 있는 것도 아니다.

　하지만 그래도 상도덕이라는 것과 내부 규칙이라는 것도 있다. 자신과 싸웠던 상대방의 변론은 보통 잘 받지 않는다. 설사 받는다고 해도 전혀 다른 사건에 대한 것만 받지, 관련 사건에 대해서는 받지 않는다.

　그럴 수밖에 없는 것이, 그런 경우 이쪽 변호사에게 과거의 이쪽과 관련된 자료가 다 있으니 사실상 이쪽은 모든 걸 다 오픈하고 싸우는 꼴이 되기 때문이다.

　"이게 말이 됩니까?"

　"이건 말도 안 되죠. 이거 변호사협회에 정식으로 이의 제기해야 합니다. 이런 경우는 없어요."

　다른 사건도 아니고 똑같은 사건에서 지난번에 변론했던 여자가 이번에는 상대방에 붙어서 변론한다는 것은 그 누구든 간에 변호사로서는 절대 이해할 수 없는 행동이었다.

　"미친 거 아닙니까? 어떻게 된 게 자기가 변호했던 사람 상대방에……."

　말 그대로 양심도 없는 행동이었던 것이다.

　"당장 변호사협회에 제소해야 합니다."

　"그렇기는 하지만 이런 건 해 봐야 그다지 처벌이 강하지도 않을 겁니다. 그리고 시간이 오래 걸리니 당연히 그 시간이면 재판이 끝날……."

노형진은 흥분하는 무태식을 진정시키다가 문득 이상하다
는 생각이 들었다. 확실히 이건 법적으로 문제가 있는 것은
아니지만 변호사의 양심으로서는 할 수 없는 짓이기도 하다.
만일 자신들이 고발할 경우 변호사협회에서 자체적으로 문
제 삼을 것이 뻔했다. 아무리 처벌이 약하다고 해도 말이다.

　　'그런데 왜?'

　　굳이 이 사건을 담당해야 할 이유는 없다. 일단 과거의 사
건은 끝난 것이고 더 이상 이 사건과는 관련이 없는 것이다.

　　"당장 고발합시다!"

　　"잠깐 진정해 보세요."

　　노형진은 무태식을 진정시키면서 조금씩 사건을 이해하려
고 노력했다.

　　'그가 아무리 싸가지 없는 인간이라 할지라도 그런 기본적
인 것에 대해서 모를 것 같지는 않아. 도리어 잘 알겠지. 그
런 인간은 자기 이권에 관해서는 번개 같으니까. 그런데 어
째서 사건을 담당한 것일까? 그 녀석이 찾아가서 의뢰했나?
그런데 보통은 상대방 변호사한테 의뢰는 안 하잖아? 설사
한다고 해도 당연히 거절할 테고.'

　　노형진은 문득 뭐가 생각난 듯 갑자기 일어나서 과거 서류
를 가지고 와서 비교해 보기 시작했다.

　　"아니, 뭐 하십니까, 이미 진 사건의 서류를 가지고 와서?"

　　"뭐 좀 확인할 게 있습니다."

그걸 몇 번이나 확인한 노형진은 이번에는 이번에 도착한 서류를 들고 꼼꼼하게 읽어 보기 시작했다. 그리고 몇 가지 사실을 알아차렸다.

"특이하군요."

"특이?"

"네. 이 서류 두 개를 비교해 보니까 완전히 문장이 달라요."

"그거야 지난번 건 제대로 하지도 않은 재판이니까요."

무태식의 말에 노형진은 고개를 흔들었다. 자신이 본 것은 그런 부분이 아니다. 그건 벌써 수십 번이나 봐서 알고 있다.

"아뇨, 제가 본 건 정성이 아니라 사용된 말투나 표현 등등입니다."

"그걸 왜요?"

"비교해 보니 이 두 가지는 거의 다른 사람이 쓴 것처럼 전혀 달라 보이더군요."

"그런데요?"

"사람이 아무리 날림으로 일한다고 해도 기본적인 버릇이 어디 가는 건 아닙니다. 당연히 그 버릇이 있기 때문에 대충 일해도 그 티가 나요. 도리어 대충 일할수록 그런 티가 더 나지요."

무태식은 고개를 갸웃할 수밖에 없었다. 그게 무슨 뜻인지 이해하지 못했던 것이다.

"쉽게 말해서 사람은 무심결에 자신이 쓰는 말투 같은 게 있다는 거죠. 작가나 변호사같이 글을 많이 쓰는 사람일수록 그런 것은 더 심하구요."

"그런데요?"

"그런데 이 글은 전혀 다른 사람이 쓴 것처럼 전혀 다른 방식으로 쓰여 있다는 게 문제입니다."

노형진의 말에 무태식은 고개를 갸웃했다. 노형진의 말대로라면 전혀 다른 사람이 썼다는 소리가 되기 때문이다.

"그럼 지금 강화선이 동명이인이라는 건가요?"

"그건 아닙니다."

노형진은 조용히 생각에 잠겼다.

똑같은 변호사가 쓴 두 개의 답변서. 하지만 그 답변서는 전혀 다른 스타일을 가지고 있다.

'아무리 전 사건을 대충 했다고 해도 이건 너무 심한데?'

도리어 사람은 대충대충 할수록 자신의 버릇이 더 튀어나오기 마련이다. 단 한 가지 경우만 빼고 말이다.

'대충 한 것처럼 보이는 경우.'

노형진은 문득 한 가지 가능성을 생각했다. 그리고 자신도 모르게 이를 빠드득 갈 수밖에 없었다. 그게 사실이라면 이건 인간쓰레기이기 때문이다.

'이 개 같은 년.'

그리고 그건 확신으로 굳어지고 있었다.

양심보다는 돈이라고?

"뭐? 지려고 쓴 거라고?"

송정한은 노형진의 보고를 받고는 기가 막히다는 얼굴이 되었다. 노형진으로부터 사건이 이상하다는 소리를 듣기는 했지만 그 내용은 생각보다 심각하다는 사실을 알아차린 것이다.

"네. 제가 문장을 분석하니까 한 가지 결론이 나오더군요. 이쪽은 평소의 버릇이 안 나옵니다. 그렇다는 건 무척 신경을 써서 작명했다는 뜻입니다. 반면에 강화선 변호사가 쓴 것으로 보이는 건 이번에 답장이 온 이겁니다. 기존에 강화선 변호사가 작성한 것과 비슷하더라구요."

노형진은 몇 개의 서류를 꺼내서 들이밀었다. 지금까지 그가 제출했던 법원 서류들과 관련 서류들을 찾아다가 비교한 것이다.

"분석해 보니 생각보다 실력이 있는 변호사더군요. 하긴 성격과 실력이 비례하는 건 아니니까요."

사실 생각해 보면 그렇게 성격이 지랄 같은데도 돈을 번다는 것은 생각보다 실력이 있다는 소리이기도 했다.

'성격이 나쁜 건 결국 자기보다 낮은 사람에게만 그럴 테니까.'

딱 봐도 자기보다 높은 사람에게는 그런 타입이 아니다. 당연히 자신보다 높은 사람에게는 더욱 굽실거릴 것이다 .그런 데다가 실력까지 있다면 이 세계에서 살아남는 것은 어려운 일이 아니다.

"설마 자네는 강화선이 상대방에게 넘어갔다고 생각하는 건가?"

"네."

"크흠……."

송정한은 심기가 불편한 얼굴이 되었다. 노형진이 한 말이 불편해서가 아니라 변호사로서 가장 해서는 안 되는 것이 바로 상대방에게 넘어가는 것이기 때문이다.

"아마도 사건에서 져 주는 대가로 상당한 보수를 보장받았을 겁니다."

"망할 년 같으니라고."

사람들은 그런 일이 없다고 생각하지만 실제로 그런 일은 빈번하게 벌어진다. 그건 당사자 간에는 알 수 없는 일이기 때문이다.

　특히 상대방이 돈이 있는 경우, 많은 사람들이 피해자에게 굽실거리고 사과하기보다는 변호사를 꼬드겨서 이쪽으로 끌어온다.

　"그렇게 보면 모든 것이 이해가 갑니다. 이 답변서도 그렇고 왜 그녀가 갑자기 상대방 변론을 담당하는지도 그렇고."

　"그렇군."

　너무 티 나게 지면 당연히 문제가 될 것이다. 결과적으로 티가 나지 않게 지려고 하다 보니 미묘하게 문장 하나하나에 신경을 쓸 수밖에 없다. 그래서 기존의 답변서들이나 서류들과는 다른 방식이 된 것이다.

　"문제는 우리의 반응이 생각보다 빨랐다는 거죠."

　노형진이 술집에서 채시영을 만나서 의뢰를 받아들인 건 사건이 끝나자마자였다.

　"아마도 사건이 끝나고 난 후에 재산을 빼돌릴 생각이었을 겁니다. 제대로 된 변호사만 간다면 2심에서는 뒤집힐 테니까요."

　"음……."

　강화선이 넘어갔다는 가정하에 이번 사건의 2심은 불가능하다. 이미 기한을 고의적으로 넘겼기 때문이다.

하지만 민사의 특성상 동종 사건을 다시 고소할 수 있으니, 만일 사람들이 그 사건으로 다시 고소한다면 판사가 자존심 때문에 기존의 판결을 뒤집지 않는다 해도 2심에서는 반드시 뒤집힐 것이다.

"하지만 그사이에 이미 돈은 빼돌려 놨을 테지."

"네. 하지만 상대가 우리였다는 것이 문제였지요."

다른 곳이라면 일단 통장을 비롯한 재산 정도를 가압류할 것이다. 강화선 측 역시 그에 대해 모를 리 없었기에, 곗돈을 가지고 도망친 녀석의 통장은 모조리 없애 버리고 전셋집은 빼 버렸다.

"하지만 우리는 그런 식으로 일하지 않는다는 것을 몰랐죠."

새론은 다른 법무 법인들과 다르게 정보 팀이 있다. 그래서 정보 팀을 통해 범인이 이미 은행에 대여금고를 빌렸다는 사실을 알아차리고는 그곳을 압류한 것이다.

"다급하겠군."

"그래서 일반적인 상식을 넘어서 의뢰를 받아들인 거겠군."

"그럴 겁니다. 아마도 약속한 금액은 1억 이상일 겁니다. 아마 20%쯤 약속했겠군요."

"2억이라……."

"그렇지 않다면 우리에게 걸릴 가능성을 무시하고 그쪽에 붙을 가능성은 없지요."

"음……."

"그렇다면 저쪽 공격법은 좀 뻔하겠군요."

"그런데 그런다고 해서 재판이 뒤집힐 건 아니잖나?"

"그게 문제죠."

노형진은 한숨이 나왔다.

"저 녀석들이 그걸 모를 리 없습니다. 더군다나 감춰 둔 재산도 걸린 상황이라 돈을 빼돌리는 게 불가능해졌다는 것을 알 텐데 정면으로 싸우려고 덤빈다는 건 다른 방법이 있다는 뜻이죠."

"다른 방법?"

"네."

"어떤 방법?"

"대충은 알 것 같습니다만……."

노형진은 얼굴을 찡그렸다.

"아마 좋은 방법은 아닐 겁니다."

⚖️

노형진의 예상은 정확하게 맞아떨어졌다. 채 일주일도 지나기 전에 그들은 자신들의 본색을 드러냈다.

"이쯤에서 물러나지?"

강화선은 노형진의 사무실로 자신이 직접 찾아왔다.

"선배가 말할 때 들어라."

"선배요? 변호사 세계에 선후배가 어디 있습니까?"

"어디 대가리에 피도 안 마른 게⋯⋯."

"전에도 말했지만 전 법적으로 성인입니다만?"

노형진에게 대놓고 협박하는 강화선을 지그시 바라보았다.

"안 물러나면 좋은 꼴 못 볼 거야."

"어차피 좋은 꼴은 못 보지 않습니까?"

이미 재판까지 간 상황인데 서로 좋은 꼴을 보면서 물러날 수는 없다.

"그러면 어쩔 수 없고. 그 화냥년들이 돈이 많기를 빌어야지."

썩은 미소를 날리면서 일어나는 강화선.

노형진은 그녀가 하는 말에 살짝 걱정되기 시작했다.

'확 잡아?'

하지만 여기서는 잡는 건 힘들다. 이미 나가고 있는 상황인 데다가 잡으면 성추행이라고 고래고래 고함을 질러도 이상할 게 없는 여자니까.

'돈이라⋯⋯ 돈이라⋯⋯.'

노형진은 강화선이 나가든 말든 생각에 집중했다. 그러다가 한 가지 가능성을 생각하고는 얼굴을 일그러트리기 시작했다.

노형진은 당장 전화기를 들었다.

"채시영 씨? 노형진 변호사입니다. 혹시 시간이 있습니까?"

만일 노형진의 생각이 맞다면 이건 배보다 배꼽이 큰 상황이 되어 버린다. 당연히 그 상황을 막아야 한다.

"네, 일단 바로 오세요. 출근이 중요한 게 아닙니다. 잘못하면 모두 망합니다. 농담이 아니에요. 당장 오십시오."

노형진은 전화기를 끊으면서 이를 빠드득 갈았다.

"저 개새끼들 같으니라고."

하지만 노형진이 할 수 있는 것은 현재로써는 없었다. 그저 사실을 확인하는 것만이 최선이었다.

⚖️

"그 감성락 실장이라는 녀석이 하던 일이 뭡니까?"

"네?"

"그 실장이라는 녀석이 하던 일요."

"그거야 손님을 끌어오는 역할이죠."

"그거 말고요. 그 녀석이 돈과 관련해서 하는 일이 있습니까?"

"돈요?"

"네."

단순히 손님을 끌어오기만 한다면 실장이 아닌 삐끼여야 한다. 즉, 실장이라는 이름을 달고 일했다는 것은 중요한 업무를 하고 있다는 뜻이다.

"보통 하는 보호 업무죠."

"보호 업무?"

"네, 돈을 받고 그걸 나중에 나눠 주고……."

"이런 젠장!"

노형진은 그 말을 듣고는 상대방이 노리는 게 뭔지 알 것 같았다.

'어쩐지 10억이나 들고 튄 놈치고는 멀쩡하더라니.'

10억이나 들고튀었으면 어디론가 멀리 숨는 게 정상이다. 그런데 숨지는 않는다는 게 이상하다 싶었더니 그럴 만한 이유가 있었던 것이다.

"왜 그래요? 무슨 일 있어요?"

"장부입니다."

"장부?"

"네."

노형진은 한숨이 나왔다. 순식간에 저쪽으로 칼자루가 넘어갔기 때문이다.

"저 녀석에게는 장부가 있을 겁니다."

"그래서요?"

"그게 문제죠. 저 녀석은 그걸 증거로 들이밀 생각입니다."

"그래도 우리한테 돈을 받아 간 게 없어지지는 않죠."

"그렇지요. 하지만 만일 증거로 그게 들이밀리면 말 그대로 배보다 배꼽이 큰 수준이 아니게 될 겁니다."

"네?"

채시영은 이해하지 못하겠다는 얼굴이 되었다.

사실 일반적으로는 이해하지 못하는 것이 현실이다. 하지만 노형진은 그들의 계획을 이해하는 데 어려움이 없었기 때문에 이게 얼마나 큰일인지 충분히 느끼고 있었다.

　"세금 안 냈죠?"

　"세금요?"

　"네."

　"뭐…… 일반적으로는……."

　화류계에서 일하는 사람들이 세금을 낼 리 없다. 애초에 현금 장사인 데다가 이들도 일당을 현금으로 받아 간다. 그러니 세금을 안 내는 것이 보통이다.

　"그거 탈세하신 겁니다."

　"그래서요?"

　"하아, 일반적으로 화류계 종사자 임금이 얼마나 됩니까?"

　"그거야……."

　아무리 못해도 1억은 번다. 그렇기 때문에 여자들이 화류계로 오는 것이다. 능력이 없어도 외모만 무난하면 돈을 벌 수 있으니까.

　"문제는 세금입니다."

　그렇게 현금으로 수입을 잡으면 당연히 세금이 부과되지 않는다. 대한민국 법률상 그건 명백하게 탈세다.

　"그리고 그런 아가씨들은 보통 1억 이상 돈을 벌죠."

　그러면 과세 구간이 38%가 넘어간다.

"실질적으로 다른 것까지 합하면 과세 구간은 거의 50%라고 봐도 무방하죠."

"그런데요?"

"그런데 세금을 탈루하면 거기에 과징금이 더 붙습니다. 내야 하는 세금의 50%를 더 붙이죠. 결과적으로 100만 원을 벌면 못해도 40만 원이 세금입니다. 그런데 과징금 20만 원이 더 붙이면 60만 원이 세금이 됩니다. 그리고 보통은 위법에 대한 벌금이 또 따로 붙습니다. 과징금은 처벌이 아니라서요."

"설마……."

"그런 경우는 20% 정도 붙이더군요."

그럼 이렇게 저렇게 따지고 나면 100만 원을 받는 경우 정부에 내야 하는 돈은 80만 원가량 된다는 것이다.

"그리고 그걸 입증할 수 있는 자료를 그 녀석이 가지고 있지요. 어쩌지 너무 자신이 있다 싶었습니다."

"그게 무슨 말이죠?"

채시영은 이해할 수가 없는 말이었다.

사실 그런 곳에서 일하는 그녀의 학력이 그다지 높다고 말할 수는 없다. 당연히 어려운 세금 관련 법을 이해할 리 없었다.

"쉽게 말해서 만일 그 녀석이 관련 증거를 가지고 있다고 하면 거의 전액을 정부에 뜯긴다는 뜻입니다."

"전액을요?"

"네."

"아니, 절반도 아니고요?"

"네."

일반적으로 과징금은 50%다. 1억이면 과세 구간상 35%의 세금이다. 그러면 3,500만 원이 세금이고, 거기에 과징금 50%가 더 붙으니 대략 5,400만 원선의 세금이 나온다. 거기에다 불법행위로 인한 수천만 원의 처벌도.

더군다나 그게 1~2년간 번 것도 아니니 한꺼번에 수억의 세금이 나온다.

"문제는 그 돈을 가진 사람이 없다는 거죠."

사람들은 화류계에 일한다고 쉽게 돈을 벌 거라 생각한다. 하지만 처음 보는 남자에게 웃음을 파는 그 비참한 기분은 제외하고서라도 그들이 쉽게 돈을 버는 것은 아니다.

당장 매일같이 화려하게 꾸미기 위해서는 출근할 때마다 미용실에 가야 하는데 그 비용이 한 달에 못해도 150만 원은 나온다.

거기에다가 나이가 먹을수록 티가 나는 것이 현실인 만큼 피부 관리실에서 비싼 돈을 주고 피부 관리도 해야 한다.

그리고 가끔은 사람들의 취향에 맞춰 성형까지 해야 한다.

현재의 화류계는 과거처럼 몸뚱이 하나로 먹고살 수 있는 시대가 아닌 것이다.

"당연히 대부분의 사람들이 그 정도 돈을 없을 겁니다. 아마도……."

그 증거가 나오면 거기서 일하던 사람들은 파산할 수밖에 없다.

"이…… 이런 미친……."

채시영은 분노에 덜덜 떨기 시작했다. 하지만 그렇다고 해서 상황이 바뀌는 것은 아니었다.

'망할 새끼 같으니라고.'

어떻게 보면 그런 인간은 기생충이다. 불법이기는 하지만 그래도 직접 노력해서 먹고살려고 하는 이들과 달리 그들에게 달라붙어서 피를 빨아먹는 기생충.

'하아.'

문제는 현재 대한민국에서는 어떤 식으로도 그들을 구하기 위한 노력이 전혀 없다는 것이다.

물론 공식적으로 여성부에서는 화류계 여성을 위한 갱생 프로그램을 운영하기는 한다. 하지만 그건 어디까지나 공식적인 것이다. 공식적. 욕먹지 않기 위해서. 애초에 여성부가 화류계 여성을 깔보고 무시하는데 진짜 그들에게 도움이 될 만한 걸 할 리 없다.

대표적인 것이 화류계 여성에게 도움이 된다며 가르치는 게 미용 기술인데, 대한민국에서 이미 그 시장은 포화 상태이다. 더군다나 수백만 원씩 벌던 사람이 그걸 배워서 시장에 던져지면 적응할 수 있을까?

"그럼 어쩌죠?"

"골 때리는군요."

화류계는 정부의 통제를 받는 세계가 아니다. 그렇다 보니 이런 식으로 문제가 생기면 정부의 도움을 받지 못한다.

'그렇다고 정부의 통제를 받게 하기도 그렇고……..'

어찌 되었건 불법이다. 그러니 무조건 도움을 줄 수는 없는 일이다.

"일단은…… 그 감성락이라는 녀석에 대해서 조사를 좀 해 봐야겠습니다."

상황은 생각지도 못하게 돌아가기 시작했다.

⚖

"감성락. 화류계에서 잔뼈가 굵은 사람입니다. 대략 30년 이상 이 바닥 일을 했습니다."

"그런데 아직도 실장이야?"

"도박 문제가 있습니다."

"도박?"

"네."

화류계는 적지 않은 돈이 왔다 갔다 한다. 그래서 일종의 사이클 같은 것이 있다. 아가씨는 돈을 모아서 실장이 되고, 실장은 돈을 모아서 사장이 되는 것이다.

"30년을 있었다면 작은 가게 사장은 되어야 하는데."

스무 살에 들어왔다고 해도 50대다. 그리고 쉰 살쯤 되면 치명적인 문제가 생긴다. 단골이 떨어지는 것이다.

　"아무래도 실장들은 그게 문제이기는 한데……."

　당장 단골들에게 형님, 형님 하면서 영업하는 게 그들의 방식이다. 그런데 나이 쉰 먹은 사람이 '형님'이라고 말하는 데 부담을 느끼지 않는 사람이 얼마나 되겠는가?

　"그래서 이런 짓을 벌인 거군."

　"그럴 겁니다."

　"끄응, 이건…… 법적으로 해결하는 데에 한계가 있는데……."

　노형진은 한숨을 쉬었다.

　그때 한참 듣고 있던 고문학이 문득 입을 열었다.

　"성태한테 이야기해 보는 게 어떨까요?"

　"그게 무슨 도움이 된다고?"

　"법적으로 안 되지만 인맥으로 되는 것도 있으니까요."

　"흠?"

　노형진은 고개를 갸웃했다.

　"보통 이런 쪽은 대부분 어깨가 끼기 마련입니다."

　"아아."

　그리고 실장을 50년쯤 했으면 그쪽 바닥에서는 제법 이름 좀 알려진 사람일 것이다.

　"한번 알아보도록 하지요."

　"아마 성태가 잘할 겁니다."

"그래야지요……. 이 도망간 새끼만 잡을 수 있어도……."

그 증거를 훔치고 싶어도 그게 뭔지, 어디에 있는지 모르는 상황에서는 작업을 못 한다. 당연히 경찰에 신고도 못 한다.

'하지만 어깨들이라면…….'

그들이라면 찾을 수 있을지도 모른다.

⚖️

"성님, 성님! 찾았구먼유!"

"찾았어?"

라면에 삼각김밥으로 꾸역꾸역 점심을 때우던 노형진은 벌떡 일어나서 소리를 질렀다.

"아따, 성님. 성님은 돈도 많음서 왜 그리 궁핍하게 사셔유?"

"그냥 밥 먹기 귀찮아서 그래. 그나저나 어떻게 찾은 거야?"

지금까지 감성락을 찾기 위해서 노력했지만 그는 그 모습이 보이지 않았다. 심지어 카드도 쓰지 않았다.

"주변을 뒤졌다는데유."

"주변?"

주변이라는 것이 주변 건물을 뒤져서 찾은 것은 아닐 것이다. 그렇다는 건…….

"끄응…….."

확실히 이쪽에서 쓸 만한 방법은 아니다. 주변에서 찾는 것이 아니라 주변 사람을 통해 찾는 것일 것이다.

'현금만 쓸 수는 없을 테니까.'

그럼에도 불구하고 안 나온다는 건 누군가에게서 카드를 빌렸다는 뜻이다.

"그래서 어디래?"

"강원도유."

"강원도?"

"네, 그기 숨어 있대유."

"멀리도 갔군."

"가서 때려잡을까유?"

노형진은 고개를 흔들었다. 그렇게 쉽게 해결할 수 있으면 얼마나 좋겠는가?

"그러면 문제가 커질 거야."

자신들이 그를 죽일 수는 없다. 그렇다면 도망가서 무슨 짓을 할지 모를 일이다.

"일단은 그 녀석의 동태부터 확인하는 것이 좋을 것 같네."

"강원도에는 동태가 없는디유. 황태는 유명하지만서도……."

순간 노형진은 강성태의 썰렁한 농담에 얼어 죽을 뻔했다.

⚖

"저 녀석이어유."

"연기 잘하네."

초로의 촌로처럼 유유자적 자기 개와 산책하는 남자.

그는 누가 봐도 전혀 이상할 게 없는 사람이었다.

"간땡이가 부었네유."

"여기까지 누가 찾아올 거라고는 생각도 못 하겠지."

분명 그는 그럴 것이다. 그러니 이렇게 유유자적 산책을 즐기고 있을 가능성이 높다.

"그냥 잡아 놓고 밟으면 안 되나유?"

"너도 새론에서 일하게 된 이상 일단은 기본적으로 법을 지킨다고 생각해. 그런 건 최악의 수단이야."

"절대 어기지 말라는 말씀은 안 하시네유."

"세상에는 법이 못 지켜 주는 경우가 많으니까."

노형진은 변호사지만 법을 믿는 사람은 아니다. 법은 언제나 늦는다. 막을 수 있다면 막아야 한다.

"그럼 어쩌시려구유?"

"일단은…… 우리가 필요한 정보를 얻어 내야지."

"어떻게유?"

"비밀?"

"야?"

"후후후."

노형진은 웃으면서 등산객인 것처럼 등산 모자를 푹 눌러 쓰고 앞으로 나아갔다.

"어이구, 반갑습니다."

"뉘슈?"

"지나가는 등산객입니다. 여기 참 좋네요."

"좋지요. 산도 좋고, 물도 좋고."

마치 고향을 자랑하는 듯 뿌듯한 얼굴이 되는 감성락을 보면서 노형진은 구역질이 나는 느낌이었다.

'그렇게 좋아서 사람을 등쳐 먹고 숨냐?'

그렇지만 그걸 티를 낼 수는 없는 노릇.

"여기 주민이신가요?"

"아, 예정입니다."

"예정요?"

"네, 낙향하려고요. 바글바글한 도심은 이제 지겨워서요."

"아."

노형진은 마치 이해한다는 듯 고개를 끄덕거렸다. 누가 보면 마치 거대 기업의 중견 관리직쯤 되어 보이는 모습이었다.

"그래요?"

"네."

"재산이 좀 있으신가 봐요?"

"좀 모아 놨지요."

"그렇군요. 하하하, 부럽습니다."

"그쪽 분은 젊은 분 같은데 이 시간에는 어쩐 일로?"

"그냥 산을 좋아해서 좋은 산을 찾아다닙니다."

"그래요?"

"이렇게 이런 곳에서 사람을 만나는 것도 다 좋지요, 하하하."

노형진은 웃으면서 그에게 다가갔다. 그리고 미리 준비한 것을 살랑살랑 흔들었다.

"막걸리 한잔 안 하시겠습니까?"

그러자 그걸 본 감성락의 침이 꿀꺽 넘어가는 것이 보였다.

⚖

"캬! 취한다."

감성락은 기분이 좋았다. 한탕 크게 하고 여기까지 내려왔지만 혹시나 해서 제대로 움직이지도 못하고 있는 상황이었다. 그래서 이렇게 술을 마시는 것이 오랜만이었다. 가장 가까운 가게도 차를 타고 30분을 가야 하기 때문이다.

"자, 자, 쭉쭉 들이켜세요."

"거, 동생이 세상 살 줄 아네."

쭉쭉 막걸리를 들이켜면서 허허 웃는 감성락.

물론 노형진은 속으로 피식 웃었다.

'역시 술에 약 탈 때는 막걸리가 최고지.'

막걸리는 자체적으로 맛과 냄새가 강하다. 그래서 어지간한 약을 타도 그렇게 티가 안 난다.

"어…… 취한다."

아니나 다를까, 감성락은 얼마 먹지도 않아서 휘청거리기 시작했다.

"우─우─우……."

노형진은 막걸리 안에 수면 유도제를 타 났다. 수면 유도제는 약국에서도 쉽게 살 수 있는 데다가 술과 함께 먹으면 효과도 빨리 온다. 바로 사람이 쓰러지게는 만들지 못하지만 말이다.

"크으으……."

결국 평상 위에 쓰러져서 코를 골기 시작하는 감성락.

노형진은 그를 마구 흔들었다.

"감 형! 감 형! 일어나요!"

"음냐…… 놔둬……. 여서 잘 거야……."

해롱거리면서 제대로 움직이지도 못하는 감성락.

그러자 노형진은 빙긋 웃고는 그를 번쩍 들었다. 누가 보면 술 취한 사람을 방으로 들여보내 주려는 것으로 착각할 만한 모습이었다.

'하지만…….'

노형진은 감성락을 바라보았다.

"어이, 감성락. 증거 어디 있어."

"증거…… 증거……. 뭔 증거……?"

"다른 아가씨들이 탈세했다는 증거 말이야."

"내가 알 게 뭐냐……? 그게 뭔데……?"

기억을 읽기 시작하자 손을 타고 들어오는 수많은 기억들. 노형진은 그걸 보면서 기가 막혔다.

'이거 완전 개쓰레기잖아?'

지금 노형진이 쓴 방법은 일반적으로 질 나쁜 술집에서 바가지를 씌울 때 쓰는 방법이다. 그런데 그의 기억을 읽어 보니 그 녀석 역시 그런 방식으로 적지 않은 돈을 벌었던 것이다.

'결국 자기 방법에 자기가 당한 거네.'

사실 착한 사람이 갑자기 돌변하는 경우는 드무니까.

"증거 어디 있느냐고."

"증거……."

사람이 취하면 이런저런 말을 하게 된다. 그리고 그 말 중에는 진실이 있다. 물론 노형진은 진짜로 말하게 하려는 게 아니었다.

'한 번만…….'

딱 한 번만 그에 대한 생각이 떠오르면 장부의 출처에 대한 기억을 읽어 낼 수 있으니까, 더군다나 유일한 사람인 감성락은 이미 취해서 정신을 못 차리는 상태. 그러니 바로 꺼내서 도망가면 된다. 애초에 내려온 목적도 그거고 말이다.

"감성락! 증거 어디 있어! 증거!"

"음냐…… 문…… 증거…… 음냐……."

"장부 말이다!"

"명부……? 아아…… 장부……."

그 순간 노형진의 머릿속으로 흘러들어 오는 한 장소에 대한 기억.

노형진은 그 기억을 보고는 얼굴을 찌푸리고 말았다.

"뭐라고? 금고?"

"네, 돈과 함께 그 안에 넣어 놨다고 하더군요."

"이런 젠장……."

송정한은 보고받고는 한숨을 쉬었다.

"그거 꺼낼 수 있겠나?"

"안 됩니다. 아시다시피 가압류 상태이지 않습니까?"

"끄응……."

기본적으로 가압류 상태에서는 그 안에 있는 것을 꺼내지 못한다. 그러니 이런 상황에서는 누구도 장부에 손대지 못한다.

"머리를 잘 썼네."

"그러게요."

"결과적으로 그게 열리면 우리가 손해입니다."

"망할 년!"

"제소는 했습니까?"

"했지만 자네도 알지 않나? 변호사협회의 처벌은 솜방망이일세."

"끄응……."

그게 문제다. 변호사협회는 기본적으로 변호사들의 집단이다. 그렇다 보니 자신들이 처벌해도 무척이나 약하다. 역사적으로 변호사협회에서 쫓겨난 변호사가 단 한 명도 없었을 정도다. 이게 무슨 뜻이냐면 변호사가 되면 철저하게 그들에게 보호받는다는 뜻이다.

실제로도 성추행으로 쫓겨난 검찰은 변호사가 되어서 수많은 여성들을 만나고 있다. 심지어 의뢰인의 돈을 횡령하거나 빼앗은 인간들조차도 말이다.

"기껏해야 벌금 얼마 정도 내고 끝날 걸세."

"흠……."

노형진은 한참 침묵을 지켰다. 이런 상황이면 자신들이 불리하다.

"금고에 있는 것을 꺼낼 수 있는 방법은 없나?"

"일단 없지요. 이 사건으로 봤을 때는요."

"그렇겠군."

생각지도 못한 문제에 송정한이 얼굴을 찌푸렸고, 노형진은 침묵을 지켰다. 그때 마침 옆에 있던 무태식이 고개를 갸웃했다.

"그러면 다른 사건으로는 못 꺼내는 건가요?"

"뭐, 꺼낼 수도 있죠. 하지만 그러기 위해서는 소송해야 하는데 그때쯤이면 그걸 공개하고도 남을 겁니다."

"음······."

노형진의 말에 무태식을 고개를 끄덕거렸다.

"아깝네요. 당장 열 수 있으면 좋은데."

"당장 열 수 있다면야······. 당장?"

노형진은 문득 어떤 생각이 들었다. 그리고 그 생각이 맞다면 어쩌면 새로운 길이 있을지도 모른다.

"당장 강성태를 불러오세요. 어쩌면 방법이 있을지도 모릅니다."

"방법이?"

"네."

자신이 아는 유흥가의 상황이라면 어쩌면 방법이 있을지도 모른다는 생각에 노형진은 고개를 끄덕거렸다.

⚖

"찾았어유."

"찾았어?"

"야."

다음 날, 강성태는 환한 얼굴로 나타났다.

"7천쯤 빌린 게 있더라구유."

"역시!"

화류계는 돈이 돌고 도는 곳이다. 쉽게 말해서 감성락 역시 누군가에게서 돈을 빌렸다는 소리다.

"하지만 그쪽에서 안 준다는데유?"

"달라는 게 아니야. 산다고 해."

"네?"

산다는 말에 고개를 갸웃하는 강성태.

"음…… 9천에서 산다고 해."

"하지만 그건 7천짜리 채권인데유?"

"상관없어."

노형진은 이를 빠드득 갈았다.

"어차피 얼마든 그걸 받아 내면 그만이니까, 후후후."

감성락은 느긋하게 천장을 보면서 미소를 짓고 있었다.

"얼마 후면 10억이 내 돈이란 말이지, 후후후."

그 돈이면 평안한 노후를 보내는 데는 문제가 없는 돈이다. 물론 지금까지 같이 일한 사람들을 속이는 것은 미안한 것도 있다. 하지만 화류계가 왜 더러운지 다들 알 만한 사람들이 아닌가?

"해결되는 대로 일단은…… 미국으로 튀어야겠네. 하와이도 좋고. 거기에서 늘씬한 백인 미녀를 끼고 살아야지."

그는 그런 생각에 히죽 웃으면서 텔레비전을 켰다.

그때였다.

따르릉.

"응?"

전화기가 울리자 그는 고개를 갸웃했다.

"누구지?"

자신의 전화번호는 이미 폐기했다. 당연히 지금 가지고 있는 전화기는 대포폰이다. 그리고 이 번호를 아는 사람은 단한 명, 강화선뿐이다.

"잘못 온 전화인가?"

물론 잘못 온 전화일 수도 있다. 하지만 전화기가 계속 울렸기에 그는 몸을 일으켜서 전화를 받았다. 그러자 그 너머에서 터지는, 째지는 고함 소리.

-너 미쳤어!

"누구야?"

-이 새끼야! 왜 금고를 연 거야!

"금고를 열다니?"

그 너머에서 들리는 목소리의 주인은 다름 아닌 강화선이었다. 그런데 평소 목소리가 아닌 잔뜩 흥분한 목소리였다.

-금고를 열지 않았으면 우리 계약서가 어떻게 재판부에 들어간 건데!

"뭐?"

감성락은 등골이 오싹해졌다.

"무슨 말이야? 우리 계약서라니!"

—지금 경찰이 왔다 갔다고, 이 개새끼야! 업무상 배임으로 말이야!

"무슨 소리야?"

감성락은 이해할 수가 없었다. 경찰이 왜 강화선을 찾아간단 말인가?

하지만 그다음 말을 들은 그는 뒤통수를 얻어맞은 듯한 충격에 휩싸일 수밖에 없었다.

—안전한 곳에 넣어 놨다며! 우리가 계약한 거 잘 보관했다면서! 그런데 어떻게 그게 새론에 넘어갔냐고!

"뭐라고!"

감성락은 벌떡 일어났다.

그는 강화선과 계약을 했다. 그가 돈을 빼돌릴 시간을 벌어 주면 20%, 즉 2억을 주기로 말이다.

그리고 그에 대한 계약서를 개인 대여금고 안에 보관해 놓은 것이다.

"내가 미치지 않고서야 그걸 왜 열어!"

—그럼 어떻게 경찰이 그걸 알고 찾아오는데!

아무리 강화선이 노력한다고 해도 경찰에 접수된 사건을 없는 일로 만들 수는 없다. 더군다나 업무상 배임이면 생각보다 문제가 크다. 그것도 돈을 받고 한 거면 실형이 나올 수도 있다.

-너 도대체 무슨 짓을 하고 다니는 거야!

"잠깐 기다려. 나중에 전화할게!"

감성락은 황급하게 전화를 끊었다. 그리고 직접 금고를 열었던 은행에 전화를 걸었다.

-아, 고객님.

"방금 이상한 소리를 들었는데요."

-안 그래도 금고 때문에 몇 번이나 연락드렸습니다만……

"그게 무슨 소리입니까? 금고를 왜 열어요! 누구 마음대로!"

하지만 은행 쪽은 어쩔 수 없다는 투로 말했다.

-법원에서 영장까지 나왔습니다. 어쩔 수가 없었습니다. 연락드리려고 몇 번이나 시도했지만 도무지 찾을 수가 없어서 연락도 못 드렸습니다.

"뭐라고요?"

감성락은 뒤통수를 맞은 느낌이었다.

아무래도 화류계를 등치면 가장 거북스러운 존재가 어깨들이다. 경찰이야 대응하는 법을 알지만 그들은 말이 안 통한다. 그래서 꽁꽁 숨어 있었다. 그런데 그게 도리어 독이 된 것이다.

"그게 무슨 말입니까! 열리다니! 아직 가압류인데!"

-확정된 판결을 가지고 왔던데요?

"확정된 판결?"

-네.

"그게 무슨 말도 안 되는⋯⋯."

─저희도 어쩔 수가 없었습니다. 판결문이 있는데 압류면 막을 수가⋯⋯.

"당장 그쪽으로 가겠습니다."

그는 황급하게 자리에서 일어났다. 당장 서울로 올라가서 상황을 파악해야 했기 때문이다. 하지만 바깥에서 들려온 목소리가 그의 발걸음을 멈춰 세웠다. 그 소리는 그를 놀라게 하기에 충분했다.

"그럴 필요는 없을 겁니다."

문을 열고 나가자 보이는 한 사람. 지난번에 모습을 보인 그였다.

"넌⋯⋯."

"오랜만입니다, 감 형."

자신과 함께 즐겁게 막걸리를 주고받은 그 사람.

"너 이 새끼, 무슨 짓을 한 거야!"

"무슨 짓을 하다니요. 말 그대로 법대로 하는 거죠."

"법대로?"

노형진은 뭔가를 팔랑팔랑 흔들었다. 그리고 그 존재를 알아챈 감성락의 얼굴이 새파랗게 질렸다.

"그⋯⋯ 그건⋯⋯."

"그러니까 빚은 제때 갚아야지요."

노형진이 쓴 방법은 간단했다. 그 사건으로 열지 못하면 다른 사건으로 열면 되는 것이다.

'내가 왜 그 생각을 못 했지?'

화류계에서 돈은 돌고 도는 것이다.

일반적으로 아가씨가 어디에서 일을 할 때 선금을 요구하는 경우가 있다. 그리고 그 선금은 감성락 같은 실장이 준비한다. 그러면 그 아가씨는 그 실장에게 속하게 된다. 이런 걸보통 '박스'라고 한다.

'문제는 그 자금이 혼자서는 감당이 안 된다는 거지.'

아가씨가 못해도 수십 명인데 그 선금을 다 자기 재산으로할 수 있는 사람이면 애초에 실장을 할 리 없다. 결국은 그들은 누군가에게 빌리기 마련이다.

"공증까지 받은 채권이죠…… 후후후."

감성락은 당연히 그렇게 빌린 돈이 있다. 그리고 그걸 공증까지 받았다.

"알다시피 공증은 재판과 동일한 효과를 가집니다."

공증을 받은 서류를 가지고 가면 판결문은 바로 나온다. 노형진은 그걸 이용해서 바로 압류한 것이다. 전혀 다른 사건으로 인한 압류.

"이…… 이런……."

만일 감성락이 돈을 빌린 적이 없다면 그건 불가능했을 것이다.

"어…… 어떻게……."

"아, 사기로 돈 들고튀었다고 하니 군말 없이 팔던데요."

상기로 돈을 들고 뛴 녀석이 돈을 갚을 가능성은 그다지 높지 않다. 채권자로서는 당연히 그 채권이 문제가 되기 전에 팔아 버린 것이다.

"그나저나 여러 가지 증거가 나오던데요."

종이를 흔들면서 피식 웃는 노형진. 그건 그동안 그가 벌인 수많은 사건들에 대한 증거들이었다.

"횡령도 있고 말이죠."

그 말과 동시에 노형진의 뒤에 있던 두 사람이 앞으로 나오면서 경찰 신분증을 내밀었다.

"감성락 씨, 함께 가 주셔야겠습니다. 신고가 들어와서 말입니다."

"이럴 수는 없어! 그건! 그건 어디에 있어!"

"어떤 거요?"

"명부! 명부! 명부 내놔!"

그것만 있으면 돈을 뜯어낼 수 있다. 이번에는 사기를 쳤지만 그 명부만 있으면 사기를 치지 않아도 돈을 뜯어낼 수 있다.

사실 그것도 목적이었다. 이번에 10억, 그리고 20억 정도 더 뜯어내면 자신은 떵떵거리면서 살 수 있는 것이다.

"무슨 명부요?"

노형진은 마치 모르는 척 딱 잡아뗐다.

"내놔!"

"전 모릅니다."

이미 그에게 불리한 증거만 빼고 모조리 폐기한 상황. 그로서는 더 이상 벗어날 방법이 없었다.

철그럭.

"아, 그러고 보니 친구분들이 만나고 싶어 하시던데요?"

"친구분들?"

노형진의 말에 고개를 돌리던 그는 그대로 얼어붙었다.

문 바깥으로 보이는 검은색 세단들. 그 바깥으로는 누구도 나와 있지 않았지만 그들이 누구인지 아는 것은 그다지 어려운 것이 아니었다.

"어떻게, 친구분들하고 함께 가시겠어요?"

입구에 있는 경찰차와 검은색 세단. 그 둘 중 하나를 타고 가야 하는 상황.

하지만 사실상 결론은 나 있었다.

"크흑흑……."

강성태는 결국 눈물을 흘리면서 주저앉고 말았다.

⚖️

"결국 이렇게 되네요."

노형진은 통지서를 받고는 고개를 흔들었다.

감성락은 결국 감옥으로 끌려갔다. 바깥에 있는 옛날 친구들이 무서워서 있는 죄 없는 죄를 모조리 불기 시작한 것이다. 다만 한 명에게는 제대로 된 응징이 되지 않았다.

"강화선은 변호사니까."

변호사협회에서 온 통지서는 간단했다. 정직 몇 개월 정도로 끝내겠다는 것이다.

"웃기는군요."

그는 업무상 배임을 했을 뿐만 아니라 상대방과 짜고 피해 금액을 빼돌리려고 했다. 그런데 그 처벌이 고작 정직이라니.

"뭐, 형사처벌은 나오겠지만……."

"그래 봤자 벌금이겠지만요."

노형진은 한숨을 쉬면서 서류를 탁 덮었다.

"이런 문제가 어디 한두 번인가?"

"그렇지요."

한국은 가진 사람들에게 너무 관대하다.

화류계에서 일하는 사람들도 불법을 저지르긴 하지만 최소한 피해자를 만들지는 않는다.

반면에 가진 자들은 불법을 저질러 피해자를 만들어 내는 데다 심지어 처벌받지도 않는다.

'이러니까 후진국 소리를 듣지.'

노형진으로서도 이 부분은 어쩔 수가 없었기 때문에 한숨만 나올 뿐이었다.

"노 변호사님, 손님……. 아…… 송 대표님도 계셨어요?"

그 순간 문이 열리면서 들어오던 여직원은 움찔했다.

"손님?"

"네, 지난번에 왔던……."

"아. 그렇다면 내가 비켜 줘야지."

송정한은 자리에서 일어나서 자리를 비켜 줬다. 보고를 받기는 했지만 자신이 나섰던 사건은 아니기 때문이다.

"그럼 수고하게나."

"네, 들어가세요."

송정한이 나가고 난 후에 안으로 들어오는 채시영.

노형진은 그녀를 보고 혀를 내둘렀다.

"놀랍군요."

오늘은 왠지 산뜻한 여대생을 보는 듯한 느낌이었던 것이다.

"화장에는 여러 가지 기술이 있죠. 남자들이 '다시 보자, 화장발.'이라고 한다면서요? 농담은 아니죠, 호호호."

"그래요?"

볼 때마다 바뀌는 그녀를 보면서 노형진은 진짜 화장발을 조심해야겠다는 생각을 했다.

"그나저나 어쩐 일로?"

"그냥 수임료 남은 것도 내고 겸사겸사요."

"겸사겸사?"

"한번 오세요. 아가씨들이 불타는 밤을 보내게 해 드릴 용의가 충분히 있다는데요?"

"사양하겠습니다."

"이백 명이 넘는 아가씨가 기다리는데요?"

"그러니까 사양해야지요. 저도 살고 싶습니다. 이백 명이라니, 전 의자왕이 아니라서요."

"호호호."

웃는 그녀를 보면서 노형진은 왠지 안타까운 마음이 들었다. 사건이 해결되었다고 해도 그녀들의 삶이 정상으로 돌아올 수는 없다. 여전히 그녀들은 거기에서 일할 것이다.

"그 말을 전하러 온 건 아닐 테고."

"그냥요. 조언을 구하려고 왔어요."

"조언?"

"네, 이제는 어떻게 해야 할지."

"네?"

"박스가 날아갔으니까요."

"아아."

그동안은 실장이 모든 것을 관리해 줬다. 그러니 문제가 없었다. 하지만 그가 잡혀가면서 감성락이 관리하던 아가씨들은 더 이상 소속이 없게 된 것이다.

물론 그런 경우 다른 박스로 들어가면 된다. 그렇게 하지 않고 여기에 왔다는 것은 다른 생각이 있다는 뜻이다.

"하시고 싶은 말이 있나 보군요."

"말도 안 되는 소리긴 한데……."

"저한테 술집을 운영하라고 권해 보시려는 겁니까?"

노형진이 바로 정곡을 찌르자 채시영은 놀랍다는 표정을 지었다.

"어떻게 알았어요?"

"뭐, 시영 씨가 말하는 것 중에 말이 안 될 만한 걸 추론해 봤죠."

"역시 대단하기는 해요. 어떻게, 생각 있어요?"

"사양하지요."

"역시."

물론 술집을 하지 말라는 법은 없다. 심지어 경찰이나 검사가 성매매 업소를 운영하다가 걸리는 나라가 이 나라다. 하지만 변호사는 개인 사업자이기 때문에 그런 문제가 없다.

"뭐, 기대도 안 했어요. 그냥 누가 물어보라고 하기에 물어보긴 했지만. 이거 생각보다 돈이 되거든요. 눈치 보느라고 안 하느니, 하는 것도 나쁘지 않고."

"저, 생각보다 돈 많습니다."

"그런가요?"

노형진은 그런 채시영을 바라보았다.

"독립해 보시죠."

"독립?"

"솔직히 제대로 독립하고 싶은 생각도 있잖아요."

"그거야 그렇지요. 하지만 이게 문제죠."

어깨를 으쓱하면서 손가락을 동전을 표시하는 채시영.

"독립을 하고 싶어도 돈도 없고요."

"그러면 제가 좀 투자할까요?"

"투자요? 방금은 안 한다고 하셨잖아요?"

"제가 운영을 안 한다고 했지, 투자를 안 한다고는 하지 않았습니다."

"우리를 뭘 믿고요?"

"어차피 돈은 투자 안 합니다."

"뭐라고요?"

"건물을 투자하죠."

"건물?"

"네."

노형진은 미래에 어떤 지역이 유흥의 중심이 되는지 알고 있다. 그래서 그곳에 미리 건물을 사거나 건축하는 중이었다.

"떠오르는 상권에 건물이 좀 있습니다. 그중 일부를 지원해 드리죠."

건물을 빌려주는 건 그 돈을 떼먹고 도망가지도 못한다. 만일 돈을 안 주면 바로 거기서 빼 버리면 그만이다.

"아니, 왜……."

채시영은 혼란스러운 얼굴이 되었다. 그런 조건이라면 자신들도 환영이다. 업소를 열 때 가장 돈이 많이 드는 것이 건물을 구하는 거니까

"그냥 미래에 대한 투자라고 해 두죠."

"미래?"

"네."

노형진은 더 이상 말하지 않았다. 하지만 채시영은 심각한 얼굴이 되었다. 자신도 돈을 벌어서 가게를 가지는 것이 꿈이기는 하니까.

"단, 조건이 있습니다."

"조건?"

"선금도 안 되고 사채도 안 됩니다."

"엥?"

"그리고 중간에 돈 떼먹는 것도 안 됩니다."

"그게 무슨 화류계에요?"

"그러니까 시도해 보라는 거죠."

채시영은 침묵을 지켰다.

"일단은…… 좀 알아보도록 하죠."

이건 자신이 혼자 결정할 게 아니다. 그렇기 때문에 그녀는 아무런 말도 하지 못하고 그곳을 나갔다.

그리고 바로 들어온 송정한. 그의 얼굴은 왠지 당황한 듯했다.

"그게 무슨 말인가?"

"뭐 말입니까?"

"술집을 운영한다니?"

"술집을 운영하지는 않습니다. 전 빌려줄 뿐이죠."

"아무리 그래도 그렇지."

노형진은 현재 존경받고 있는 변호사다. 그런데 술집을 투자 형식으로 공간을 빌려준다니, 구설수에 오르기 딱 좋은 행동이다.

하지만 노형진은 왠지 시큰둥한 얼굴이었다.

"씹으려면 씹으라고 하세요. 아무것도 모르는 사람들은 끝까지 모를 테니까."

"무슨 말인가?"

"제가 빌려주는 곳이 어디일 것 같습니까?"

"글쎄……."

"세종입니다."

"세종? 세종시?"

"네."

송정한은 이해가 가는 얼굴이 되었다.

"현재 세종시는 이전 준비가 한창이지요."

문제는 그 이전의 대부분이 가족 단위가 아니라 혼자 움직이는 걸 기준으로 간다는 것이다. 그리고 대부분의 단독 부임 직원은 남자들이다.

"가족도 없고 아내도 없고 애인도 없죠. 그들이 돈을 어디에 쓸까요?"

"대충 이해는 하지만…… 자네가 그 돈을 노릴 정도는 아니잖나?"

노형진은 피식 웃었다.

"돈 때문에 하는 게 아닙니다. 제가 노리는 건 그들의 정보지요."

"정보?"

"술에 취하면 별소리를 다 하거든요."

"그게 무슨…… 아!"

그곳에 단독 부임한 남자가 돈을 어디에 쓸까? 그건 정해진 수순 같은 것이다. 부정하고 싶지만 부정할 수 없는 현실.

"확실히 화류계가 그다지 이미지가 좋은 곳은 아니지요. 하지만 우리가 부정한다고 해서 사라지는 곳 역시 아닙니다. 인류 역사상 가장 오래된 직업이라고 하니까요."

"음……."

"결국 피할 수 없다면 우리가 이용해 먹을 수 있어야 합니다."

"정보라……."

그들이 술집에서 접하는 수많은 정보들. 그걸 제대로 조합만 한다면 새론으로서는 누구도 접근하지 못하는 정보에 쉽게 접근할 수 있게 된다. 단순한 재개발 정보부터 감춰진 진실까지.

"그걸 생각한 건가?"

"네, 이번에 감성락에게 술을 먹이다 보니 별의별 정보가 다 나오더군요."

송정한은 갑자기 오한이 들었다.

노형진이 바른 사람이기는 하다. 하지만 한편으로는 자신의 목적을 위해서는 욕먹는 행동을 하는 것을 두려워하지 않는다는 것도 알고 있었다. 그런데 이렇게 직접적으로 보니 그의 인상이 다르게 느껴졌다.

"그리고 우리도 새로운 정보 라인을 만들어야지요."

"정보 라인? 지금도 있잖아?"

"그렇지요. 하지만 모르시겠습니까, 고문학 팀장님이 새로운 사람들을 자꾸 들이는 걸?"

"그렇지."

고문학은 요즘 새로운 사람들을 많이 들이고 있다. 연기를 잘하는 유소미나 뻔뻔할 정도로 친해지는 강성태까지 인재라면 주저하지 않고 들이고 있다.

"세대교체 준비를 하는 겁니다."

"세대교체?"

"네. 공무원들도 세대교체가 벌어집니다. 그런데 우리가 계속 있던 사람들을 굴리면 과연 친해질 수 있을까요?"

"아!"

불가능하다. 이쪽이 나이가 높으면 저쪽에서는 저항감을 가진다.

"더군다나 세종시에는 젊은 인재들이 모조리 갈 겁니다. 이쪽에서 관리하기에는 너무 멀죠."

"자네는……."

이쪽은 전혀 생각도 못 하고 있었다. 그런데 노형진은 어느 사이엔가 벌써 저 멀리 바라보고 있었다.

"누군가는 욕하겠죠. 하지만 그래서요? 그들이 우리한테 필요한 정보를 줄까요, 아니면 승리에 필요한 뭔가를 보장할까요? 전에 말씀드렸다시피 세상을 뜯어고치기 위해서라면 전 제게 통칠하는 거 안 무서워합니다."

"정보라……."

확실히 정보 라인이 생기고 나서 새론의 승률은 다른 곳이 범접하지 못할 정도로 높아졌다. 정보의 힘은 생각보다 강했던 것이다.

"좋네……. 나도 그럼 투자를……."

"사모님한테 맞아 죽을걸요."

"하지 않겠네. 난 노 변호사만 믿도록 하지…… 하하하."

슬쩍 시선을 돌리는 송정한이었다.

플라워 스네이크

"실례합니다."

노형진이 출근하는 그때였다. 건물로 막 들어가려는 찰나 한 남자가 갑자기 노형진의 팔을 덥석 잡았다.

"누구세요?"

"노 변호사님 맞죠?"

"그런데 누구시죠?"

"사건을 의뢰하고 싶은데요?"

"네? 저한테요? 의뢰는 새론을 통해 정식으로 하시면 됩니다. 저는 특별한 경우가 아니라면 직접 사건을 담당하지는 않아서요."

가끔 다짜고짜 사건을 맡아 달라는 경우가 있기 때문에 노형진은 확실하게 선을 그었다. 하지만 그 남자는 절대로 떨어질 생각이 없어 보였다.

"한 번만 이야기를 들어 주세요."

"아, 글쎄, 일단은 새론에 맡기시라니까요."

노형진은 더 이상 들어 줄 생각이 없었기 때문에 손을 빼려고 했다. 하지만 상대방은 악착같이 매달리고 있었다.

"한 번만 들어 주세요."

"아니, 이건 뭐……."

더운 여름이다. 그런데 선글라스에 모자까지 꾹 눌러쓰고 심지어 잠바까지 걸친 그는 노형진에게 매달려서 거의 읍소를 하고 있었다.

"어이, 노 변호사, 뭐 해?"

그렇게 매달리는 사람 때문에 들어가지 못하고 당황하는 노형진에게 다가오는 한 사람. 그건 다름 아닌 서승진 변호사였다. 인권 변호사 출신으로 노형진이 설득해서 합류한 사람이었다.

"아, 서 변호사님."

"아니, 이 사람이. 출근했으면 들어가야지."

"아, 그게……."

노형진은 물끄러미 자신의 손에 매달린 사람을 바라보았다. 그 역시 서승진의 시선을 느꼈지만 절대로 떨어지려고 하지 않았다.

"이보게나, 젊은 양반. 아무리 다급해도 과정을 밟아야지. 일단은 들어가서 정식으로 사건을 수임하게나."

"그럴 수가 없어서 그럽니다."

"아니, 그러면 우리가 아니라 경찰을 찾아가야지. 왜 우리를 찾아와?"

서승진은 애써 그를 진정시키고 보내려고 했다. 흔하게 있는 일종의 '억울병' 같은 환자라 생각했기 때문이다.

'억울병'이란 변호사끼리 쓰는 표현으로, 진짜 병은 아니라 뭐든 억울하게 생각하면서 소송하는 인간을 말한다. 그런 사람들은 진짜 답이 없다. 소송할 돈이 없으면 변호사에게 매달리기도 하니까.

"말할 수가 없어서 그럽니다. 제발 한 번만 들어 주세요."

"그럼 들어가서 이야기합시다, 제발 좀."

"안 됩니다. 그러면 안 됩니다."

"그럼 저기 커피숍에 가서 이야기합시다."

"안 됩니다."

"그럼 어디로 가자고요?"

어딘가를 바라보는 남자. 노형진은 그곳을 바라보고는 발끈했다.

"아놔, 쫌!"

그 남자가 바라본 곳은 뜬금없게도 회사 근처에 있는 모텔이었던 것이다. 가끔 철야한 사람들이 가서 자는 곳이다.

"내가 왜 당신하고 그곳을 가요?"

"제발 가 주십시오. 돈은 달라는 대로 드리겠습니다."

마구 매달리는 남자.

"안 되겠네. 경찰을 부르세."

"그러지요."

"경찰은 안 됩니다! 절대! 경찰은 안 됩니다!"

펄쩍 뛰면서 반대하는 남자. 손을 처음으로 놓기까지 했다.

"아니, 도대체 무슨 일인데요?"

"제발 한 번만 믿어 주세요."

"당신이 누군지 알고……!"

노형진이 발끈하려는 찰나였다.

"믿어 주는 것도 나쁘지 않을 것 같은데요."

"유소미 씨? 어쩐 일입니까?"

마침 출근하고 있던 유소미가 갑자기 그들 사이에 끼어든 것이다.

"이 사람, 그렇게 나쁜 사람은 아니에요. 아니, 나쁜 사람 이려나?"

"네?"

"차길 씨? 맞죠?"

"네? 저 그런 사람 아닙니다."

갑자기 이름을 부르자 흠칫 놀라면서 부정하는 차길.

그러자 유소미가 장난스럽게 웃으면서 그에게 다가가 그

의 주변을 빙 돌았다.

"차길 씨인 줄 알았는데요. 헤에…… 나도 이제 늙어서 가물가물한가?"

"무슨 소리입니까?"

"차길 씨 맞으면 안 부르려고 했는데 차길 씨가 아니라니, 뭐 기꺼이 경찰을 불러 드리지요."

핸드폰을 꺼내는 유소미. 그러자 허겁지겁 유소미에게 매달리는 남자.

"아니요…… 잠깐만요. 네, 차길이 맞습니다. 성차길이 맞습니다."

그 둘의 관계를 모르는 노형진과 서승진은 멍하니 서서 그들의 시트콤 같은 모습을 바라보고만 있어야 했다.

유소미는 마치 이겼다는 듯 빙긋 웃었다.

"이 사람 압니까?"

"좀 알죠. 이분은 절 잘 모르겠지만."

"누군데요?"

"성차길이라고 고수엔터테인먼트의 부장님이세요. 제가 오디션을 보러 갔을 때 가차 없이 뻥 차 버린 분이죠."

노형진은 피식 웃음이 나왔다. 그의 신분은 알겠는데 유소미가 자신을 뻥 차 버린 것에 대한 가벼운 복수 중이라는 것을 알아챈 것이다.

"어이고, 그래요? 이렇게 예쁜 유소미 씨를 발로 차다니.

가능성이 없는 사람이로군요."

"그렇지요?"

"그러면 들을 필요도 없네요. 그냥 들어갑시다."

"그럴까요?"

총총걸음으로 다가와서 노형진에게 매달리는 그 모습에 성차길은 심장이 덜컥 내려앉았다.

"바로 뽑아 드리겠습니다! 제발 한 번만 봐주십시오!"

노형진에게 매달리는 남자. 그리고 피식 웃는 유소미.

"장난은 이쯤할까요? 하여간 절 차기는 했지만 평판이 나쁜 사람은 아니에요."

그렇게 매달리는 게 안쓰러웠는지 유소미는 슬쩍 그의 편을 들어 줬다. 노형진은 잠시 고민하다가 고개를 끄덕거렸다.

"일단 들어나 볼까요?"

물론 유소미의 관계나 그의 신분 때문에 만나자고 한 게 아니었다. 그는 연예계 관계자다. 그런 그가 이렇게 조심한다는 것은 외부에 드러나면 결코 좋지 않다는 뜻이기 때문이다.

"감사합니다. 감사합니다."

"소미 씨도 같이 가시죠."

"엥? 저도요?"

유소미는 피식 웃으면서 사무실로 가려다가 깜짝 놀랐다.

"아무래도 이쪽 사정은 저보다는 소미 씨가 더 잘 알 것 같은데요."

"음…… 그렇기는 한데……."

그걸 보고 있던 서승진은 조용히 물러났다.

"연예계 쪽은 내가 관심이 없어서 말이지. 난 이만 들어가 겠네."

"네."

그가 들어가자 잠시 고민하던 유소미가 고개를 번쩍 들었다.

"아, 그럼 대신에 여기서 10분만 기다려 줘요."

"아니, 왜요?"

"저는 노 변호사님처럼 변호사가 아니라서 출근 카드를 찍 어야 하거든요, 호호호."

노형진은 고개를 끄덕거릴 수밖에 없었다.

⚖️

노형진은 자신을 묘한 시선으로 바라보는 주인장을 지나 서 모텔 안으로 들어갔다.

"아니, 왜 저렇게 보는 거야?"

"아침부터 남자 둘이 예쁜 여자 한 명 끌고 모텔로 들어가 는데 이상하게 안 보면 그게 더 이상한 거죠."

"끄응……."

하여간 모텔로 가야 한다고 극구 주장하는 성차길 때문에 어쩔 수 없이 모텔에 들어간 노형진은 그제야 이야기를 들을 수 있었다.

"그러니까 차민규라는 배우가 꽃뱀에게 물렸다 이거죠?"

"네."

노형진은 자연스럽게 시선이 유소미에게 향했다.

유소미는 그 시선만으로 노형진이 뭘 요구하는지 알아서 바로 입을 열었다.

"차민규, 나이 32세. 남자. 직업은 배우. 한창 잘나가는 배우로 〈가족끼리 이러는 거 아냐〉라는 시트콤으로 데뷔. 성격은 무난한 편으로 적이 많은 편은 아님. 다만 여자를 좋아한다는 소문이 있음."

그 말이 끝나자 다시 시선을 돌리는 노형진. 방금 차민규에 대해서 말한 것이 맞는지 이야기해 달라는 뜻이었다.

하지만 성차길은 이해하지 못한 듯 바라볼 뿐이었다.

"설명 좀 해 주시죠."

"하아, 맞습니다. 한 가지만 빼고요."

"한 가지?"

"그 녀석이 여자를 좋아하는 건 그냥 단순히 세엑……."

슬쩍 유소미의 눈치를 보는 성차길.

"그냥 말해요. 내가 무슨 애도 아니고."

"네. 하여간 섹스를 좋아하는 게 아닙니다. 그 녀석이 애정 결핍이 좀 있어요."

"헤에?"

"그건 몰랐네요."

"그다지 알려져서 좋을 건 없으니까요."

성차길에 말에 따르면 차민규의 집은 무척이나 가난했다고 한다. 그래서 부모님은 어려서부터 맞벌이를 하러 나갔고 그는 홀로 집에 남겨지는 경우가 많았다.

"그래서 여자한테 홀랑 넘어가기 쉬운 성격이죠."

"그리고 이제는 성공한 사람이니 주변에 여자가 넘쳐났을 테고 말이죠."

"네."

그래서 여자를 좋아한다는 소문이 나기는 했다. 하지만 대부분은 그의 애정 결핍에서 시작된 문제였다.

"문제가 뭡니까?"

"문제는 그 녀석이 엉뚱한 여자에게 빠졌다는 겁니다."

어디서 만난 건지 모르겠지만 그 여자를 만나면서 갑자기 결혼하겠다고 한 것이다.

"사실 그건 뭐, 우리가 말릴 수가 없죠."

잘나가는 배우이기는 하지만 그렇다고 결혼을 막을 수는 없다. 물론 최대한 늦추려고 노력은 하지만 말이다. 사실 그런 말을 한 게 한두 번이 아니기 때문에 이번에도 그러려니 하고 넘어갔다.

"문제는 여자가 꽃뱀이라는 겁니다."

그렇게 얼마나 지났을까. 갑자기 여자가 본색을 드러내기 시작했다. 처음에는 돈을 달라고 하더니 나중에는 그 금액이 터무니없이 커졌다는 것이다.

"얼마나 달라는데요?"

"처음에는 100만 원 선이었습니다. 그런데 얼마 전에는 갑자기 2억을 달라고 하더군요."

"2억요?"

"네. 그런데 차민규가 애정 결핍이 있는 거지, 바보는 아니거든요."

당연히 그걸 거절했다. 그러자 돌변해서 갑자기 강간했다며 신고하겠다고 난리 법석을 떨기 시작했다는 것이다.

"헤에, 고전적인 방법에 당했네."

유소미는 그 말을 듣고는 피식 웃었다.

"고전적인 방법?"

"고전적인 방법이죠. 일단 조금씩 달라고 하면서 재력을 확인하는 겁니다. 그 와중에 조금씩 시기를 노리는 거죠."

노형진은 그 말을 듣고는 대번에 상황이 이해가 가기 시작했다.

"지금은 2억 이상을 달라고 하겠군요."

"20억을 이야기하더군요."

"20억이라. 미쳤군."

물론 차민규가 잘나가는 배우니까 그 정도 돈을 벌 수 있을지도 모른다. 하지만 그렇다고 해서 그게 적은 돈은 아니다.

"어떻게 생각해요?"

노형진은 유소미를 바라보았다.

"쩌한테 물어보는 거예염?"

"웬 애교?"

"그냥 해 봤어요."

침대에 누워서 천장을 바라보면서 발을 흔들던 유소미는 벌떡 일어나서 이야기하기 시작했다.

"글쎄요. 아마 뒤에 누가 있을 것 같은데요?"

"네? 뒤에 누가 있다니요?"

유소미의 말에 어리둥절한 표정이 되는 성차길.

노형진은 그런 성차길에게 이번 사태에 대해서 설명해 주기 시작했다.

"뭐, 꽃뱀이라고 하면 혼자 일한다고 많이들 생각하는데, 이런 경우에는 뒤에 누가 있는 경우가 보통이죠."

"네? 누가 있다고요?"

"네, 상식적으로 생각해 보세요. 마치 마법처럼 어디선가 만나서 친해졌다? 그건 말도 안 되죠."

하물며 차민규는 잘나가는 연예인이다. 그런 사람과 만나서 친해지고 결혼까지 이야기할 정도면 그냥 우연히 만난 것은 아니라는 뜻이다.

"으으으……."

너무 생각이 많아진 건지 성차길은 머리를 부여잡았다.

"일단은 제가 차민규 씨를 만나 봐야겠군요."

"안 됩니다. 그러면 언론이……."

"이미 언론은 적이라고 봐야 합니다. 더군다나 자세한 정보도 없이 어떻게 일을 해결하란 말인가요?"

"으으으……."

성차길은 머리를 부여잡았다.

최대한 이런 사건은 감추고 싶었다. 하지만 그럴 수 있는 상황이 아니라는 것은 확실했다.

"설마……."

노형진은 그런 행동을 보고 직감이 오기 시작했다.

"차민규한테 말도 안 한 겁니까, 여기 온다고?"

"그 녀석이 이미 그 여자한테 빠져서 안 믿어요. 협박이 들어왔다고 해도 그럴 리 없다고."

"아니, 무슨……."

이번 사건에서 당사자는 차민규다. 차민규가 의뢰하지 않으면 자신들은 사건에 끼어들 수가 없다.

"우리 소속사에서 그냥 해결하면 안 됩니까?"

"그게 될 리 없잖아요. 물론 차민규 씨가 동의하면 된다지만 차민규 씨한테 말도 안 하고 어떻게 해결합니까?"

"어떻게든……."

"아니, 이봐요. 현행법상 그럴 수가 없다니까요. 차민규 씨가 성인인데 우리가 어떻게 동의도 없이 그의 사건을 담당합니까?"

노형진은 말도 안 되는 소리라고 애써 이야기했지만 성차길은 요지부동이었다.

"이건 절대 외부에 알려지면 안 됩니다. 이렇게 되면 우리는 끝장난다고요! 안 그래도 계약이 끝난 애들이 나가서 남은 애들도 얼마 안 되는데."

"그래도요."

"로비를 해도 좋고 뇌물을 써도 좋습니다! 제발 수습만……!"

"그게 가능할 리 없잖아요!"

노형진이 발끈하는 그때였다. 침대에 누워서 까불거리면서 있던 유소미가 '띠링' 하는 소리에 뭔가를 확인하듯 핸드폰을 꺼내서 보더니 먼저 입을 열었다.

"어…… 성차길 부장님, 걱정은 이제 안 하셔도 될 것 같은데요?"

"네?"

성차길은 무슨 소리를 하느냐는 표정으로 유소미를 바라보았다. 유소미는 그런 성차길에게 뭔가를 내밀었다.

"이미 까발려진 것 같거든요."

자신의 스마트폰을 들이미는 유소미. 그러자 시야에 들어오는 뉴스 헤드라인.

　　렐런트 차민규, 강간 의혹

"억!"

그걸 본 성차길은 자신도 모르게 뒷목을 잡고 뒤로 넘어가고 말았다.

"어떻게 생각해요?"

"이번에 나온 아이스크림은 맛없어요. 역시 구관이 명관인가 봐요."

노형진은 말을 하다가 말고 유소미를 바라보았다.

'아, 맞다. 이 사람은 변호사가 아니지.'

결국 성차길이 쓰러지고 회사가 발칵 뒤집히고 나서야 차민규는 만나겠다는 의견을 전해 왔다. 그나마도 사장이 온갖 소리를 다 해서 한 모양이었지만.

"그나저나 왜 다른 사람은 안 데려가요? 보통 다른 변호사님이랑 팀을 짜서 일하잖아요?"

"이건 언론을 조심해야 하는 사건이니까요."

"그런가요?"

"네."

연예인 사건이다 보니 기자들은 어떻게 해서든 기삿거리를 찾아내려 한다. 당연히 그 대상은 사건을 담당하는 변호사다.

"아직 이런 쪽에 대응할 만한 변호사가 없어서 말이죠. 물론 무태식 변호사 정도면 가능하겠지만."

송정한이 이번 사건을 담당하기에는 좀 부담이 된다. 일단 대표 변호사라는 타이틀이 있기 때문이다.

"그게 무슨 문제라고……."

"거물이 끼면 사람들은 그게 진실이라고 받아들이거든요."

뭔가를 덮기 위해서 거물을 쓴다고 말이다.

"그렇다고 서승진 변호사님을 쓰자니 그분은 인권 변호사라 이쪽에 관해서는 경험이 적고요."

지금까지 훈련된 전문 변호사들이 지방으로 가 있는 바람에 마침 내부에서 이 사건을 담당할 만한 사람이 없었던 것이다.

"무태식 변호사는 사건이 많으니까요."

"예은이 언니는 어때요? 잘할 것 같은데?"

"예은이 언니?"

"아, 손 변호사님요."

"아."

확실히 손 변호사 역시 쓸 만한 카드다. 한 가지만 빼고 말이다.

"너무 무표정해요. 그래도 언론을 상대하는 건데 연기를 좀 해야 하거든요."

"하긴 예은이 언니가 완전 얼음이기는 하죠."

"친한가 봐요?"

"그럭저럭."

어깨를 으쓱하는 유소미. 하지만 언니라고 부를 정도면 어느 틈엔가 친해진 모양이다.

'하긴, 넉살이 좋으니까.'

이렇게 넉살이 좋으니 그 손 변호사가 끌려갈지도 모르는 일이다.

"그래서 저를 부른 이유는?"

"대변인이라는 말, 들어 봤어요?"

"대변은 들어 봤어요."

"……."

"쏘리."

"하아, 말 그대로 대변인입니다. 이번 사건에서는 언론을 상대해야 합니다. 더군다나 연예 쪽 애들이죠. 그 애들이 완전히 소설을 쓰는 애들인 건 아시죠?"

"알죠. 그쪽 지망생이었는데."

지금까지 많은 기자들을 만나 왔지만 보통은 사회부 쪽이었다. 그에 반해 연예부 기자들은 말 그대로 소설가에 가까웠다.

"그래서 이슈를 던져 줘야 합니다."

"이슈?"

"네."

"그런데 왜 저예요?"

"예쁘잖아요."

"헐."

"그 애들은 그거면 돼요."

이런 말 하기 그렇지만 일단 대변인이 저쪽보다 예쁘면 시선이 이쪽으로 쏠리기 마련이다.

"우와…… 너무하다."

"너무한 거 아닙니다. 일입니다."

"추가 수당 줘요."

"들고 있잖아요."

"왕 치사 빤스! 아이스크림 하나로 퉁치다니!"

"원래 세상은 그런 겁니다."

"그럼 하나 더 사 줘요! 이거 진짜 잘못 골랐어! 실패야! 실패!"

유소미와 티격태격하면서 사무실로 다가가는 노형진.

하지만 사무실에 접근하자 몰려 있는 기자들 때문에 접근할 방법이 없었다.

"이거 어쩐다?"

당장 들어가는 차는 무조건 사진을 찍어 대는 판국에 조용히 들어갈 방법이 없어 보였던 것이다.

"제가 나가 볼까요?"

"아니, 나가서 뭐 하려고요?"

"쇼 한번 해 보죠."

"쇼?"

유소미는 대답하는 대신에 뒷좌석에 있는 자신의 가방에서 화장품을 꺼내더니 화장을 하기 시작했다.

"아니, 무슨 화장품이……."

노형진은 그 안에 가득한 화장품을 보고 기겁했다.

"여자의 기본 아닌가요?"

"기본치고는 좀 많은데요? 딱 봐도 쉰 개는 넘어 보이는데."

"정확하게는 여든일곱 개죠. 그래도 연예인 지망생이었는데 이 정도는 기본이죠."

"헐."

그렇게 화장하고 나니 유소미의 모습이 점점 바뀌는 듯했다. 그리고…….

"어?"

노형진은 살짝 놀랐다. 얼핏 봐서는 차민규를 고소한 사람과 흡사하게 바뀌었기 때문이다.

"그 후에……."

선글라스를 쓰고 모자까지 뒤집어쓰자 영락없이 딱 그 사람이었다.

"아니, 기껏 화장하고는 왜 얼굴을 감춰요?"

"당당하게 내밀면 더 의심할 거 아니에요. 상대는 기자들이라고요. 얼마나 눈썰미가 좋은데요."

노형진은 고개를 끄덕거렸다.

그들의 눈썰미는 생각보다 좋다. 눈치 빠른 사람은 다른 사람이라고 생각할 것이다.

"하지만 이렇게 감추면……."

"동일 인물이라고 생각하겠군요."

"네."

그러면 당연히 기자들은 이쪽으로 우르르 붙을 것이다.

"자, 그럼 이따가 봬요, 변호사님."

차에서 내린 유소미는 마치 조심하는 듯 건물 쪽으로 가다가 멈칫했다. 누가 봐도 거기에 몰려 있는 기자들을 보고 놀란 듯한 모습이었다. 그리고 잽싸게 방향을 바꿨다. 하지만 기자들은 이미 접근하는 모든 사람들을 보던 상황.

"어, 저거?"

"그 여자 아냐?"

"맞지?"

"맞는 것 같은데?"

이 사건의 핵심인 여자가 나타났다. 어디에 있는지도 몰라서 인터뷰도 못 하는 판국에 그 여자가 나타났다는 말에 기자들은 눈이 돌아갔다.

"인터뷰 좀 해 주십시오!"

"이야기 좀 잠깐만……!"

"강간당했다는 것이 사실입니까?"

그들에게 피해자에 대한 배려나 걱정은 없었다. 오로지 단 하나, 특종만이 목적이었다.

"한 말씀만 해 주세요!"

"어느 모텔에서 강간당했습니까?"

"강간당할 때 기분이 어떻던가요?"

유소미는 마치 진짜인 것처럼 얼굴을 감추면서 계속 빠르게 걸었고, 기자들은 오징어가 집어등을 따라가는 것처럼 우르르 그녀를 따라서 멀어져 갔다.

"끝내주네."

노형진은 그걸 보고는 피식 웃고는 천천히 안쪽으로 차를 몰았다. 몇몇 기자들이 남아 있기는 했지만 당장 고소 당사자가 나타나서 그런지 흔해 빠진 국산 차에 그다지 신경을 쓰지 않았다.

"아이고, 오셨습니까?"

노형진이 지하 주차장 안으로 들어가자 성차길이 허겁지겁 뛰어나왔다.

"병원에서 나오셨습니까?"

노형진은 성차길을 보면서 깜짝 놀랐다. 그는 뒷목을 잡고 쓰러져서 병원으로 실려 갔으니까.

"지금 이 상황에서 한가롭게 쓰러져 있을 수 있겠습니까?"

벌써 여성 단체는 차민규를 때려죽이려고 하고 있었고, 그의 인기는 바닥으로 떨어지고 있었다. 모든 것이 나락으로 떨어지는 중이었다.

"그런데 저인 건 어떻게 아셨습니까?"

"노 변호사님이 머리가 좋다는 소리는 들었거든요."

노형진은 피식 웃었다. 이번에는 자신이 아니라 유소미가 한 일이기 때문이다.

'지금쯤 유소미의 얼굴을 보고 황당해하고 있겠군.'

하지만 자신은 조용히 들어온 후이니 그들이 황당해하든 말든 상관이 없었다.

"일단 올라가죠."

"네, 바로 올라가시죠."

노형진이 위에 올라가자 차민규는 머리를 부여잡고 소파에 앉아 있었다.

"이 새끼야, 너 어쩌자고……."

"형……."

"형이라는 소리가 나와?"

성차길은 답답한 듯 한숨을 쉬었다.

"인사해라. 노형진 변호사님이시다. 이번에 새론에서 우리 사건을 담당해 주실 분이야."

"난 이미 끝났어. 끝났다고……."

"이 새끼야! 정신 차려! 네가 이러면 어쩔 건데? 너만 끝인 줄 알아? 우리도 끝이야. 거기에다 우리한테 속해 있는 애들은? 그리고 연습생들은? 같이 죽자는 거야."

텔레비전에서는 강인한 모습을 보이던 그였지만 이번에는 완전히 패닉에 빠진 듯 정신을 차리지 못하고 있었다.

"자, 일단 두 분 다 진정하시고."

노형진은 그들을 진정시키면서 자리에 앉았다.

"일단은 이야기를 들어 봅시다."

"무슨 이야기요? 난 다 끝났는데……. 이제 망했어요……."

"그건 일단 해 봐야지."

"해 보는 게 무슨 소용이 있어요. 이제 끝났다고요! 끝! 모르겠어요!"

노형진은 그런 차민규를 한심스러운 듯 바라보았다.

'이거 좋지 않아.'

상대방과 싸우기 위해서 가장 필요한 건 뭘까?

돈? 아니면 능력 있는 변호사?

아니다. 바로 소송을 하겠다는 의지다. 아무리 도와주려고 해도 이런 식으로 기운이 빠져 있으면 도와줄 수가 없다. 당장 어떤 정보도 안 줄 텐데 어떻게 소송하고 어떻게 싸운단 말인가?

"다 끝났다고요. 흑흑."

고개를 푹 숙이고 질질 짜는 차민규를 보던 노형진은 어쩔 수 없다는 듯 일어나서 그의 뒤로 다가갔다. 그리고 갑자기 그의 뒤통수를 내리치기 시작했다.

퍽퍽.

엉겁결에 맞던 차민규는 그 공격이 멈추지 않고 계속되자 발끈하면서 벌떡 일어났다.

"무슨 짓입니까!"

"반항은 하시네요, 가만히 있기에 그냥 호구인 줄 알았더니?"

"뭐라고요!"

"안 그래요? 진짜 꽃뱀에게 물렸으면 저항해야지, '나는 호구예요. 나는 끝났어요.'라고 하면서 죽어 가는 게 사람입니까? 그건 시체죠."

"이익!"

"그리고 시체는 법적으로 아무런 권리도 없죠. 그러니까 이 사건을 해결할 이유도 없고요."

"무슨 말도 안 되는……."

"말이 안 되는 게 아닙니다. 법조계에는 이런 말이 있습니다. 권리 위에 잠자는 자는 보호받지 못한다. 그냥 호구로 살다 죽겠다는데 그냥 호구로 죽으라고 해요."

노형진이 계속 뒤통수를 치면서 말하자 그걸 보고 성차길은 안절부절못했다. 결국 차민규는 벌떡 일어나서 노형진의 멱살을 잡았다.

"뭐 하는 짓거리야!"

"알면서 왜 물어보십니까? 그나저나 왜 나한테는 덤비면서 다른 사람한테는 안 덤벼요? 내가 한 건 당신 뒤통수 몇 대 친 것뿐인데 정작 나한테는 덤비고 당신 인생을 망치겠다고 덤비는 사람한테는 징징거립니까? 당신, 바보 아니에요?"

"끄응……."

차민규는 아무런 말을 할 수가 없었다. 최후까지 믿고 싶었던 사람이다. 하지만 그녀는 자신을 배신했다.

"물론 배신감에 완전히 침몰한 건 알겠습니다. 그런데 왜 그걸 자기 탓을 해요? 바보 아니에요?"

"……."

"그냥 죽고 싶으면 죽어요. 그리고 당신이 죽어도 이 기업은 살릴 수 있어요."

"뭐라고?"

"당신이 강간해서 벌인 일이니 기업은 그 피해에 대해서 당신한테 손해배상을 청구할 수 있죠. 뭐, 당신이 재산을 모조리 빼앗기고 길거리에서 노숙하면서 사는 것도 방법이네요. 그때까지 당신이 자살하지 않는다는 가정하에 말이지요."

점점 얼굴이 붉어지는 차민규.

"난 강간 안 했어!"

"그러면 싸워야지, 왜 징징거립니까? 어떻게 할래요? 싸울래요, 아니면 그냥 죽을래요? 원하신다면 제가 자살하기 좋은 곳도 추천해 드리지요. 보통 연예인들은 차 안에서 번개탄 피우는 걸 선호하던데."

"이이익!"

결국 노형진에게 대들려고 하던 차민규는 그 멱살을 놓을 수밖에 없었다. 그의 말에서 틀린 게 하나도 없었기 때문이다.

이것이 법이다

"좋아요. 이제 말할 기분이 드는 모양이군요."

"……"

"어디서 만났습니까?"

"정아 말이야?"

"말이 짧군요. 연예인이면 좀 더 입조심해야 하는 거 아닙니까?"

노형진은 도발을 멈추지 않았다. 누군가 자극하지 않으면 점점 자기 세계에 침몰할 타입이기 때문이다.

"이익."

"내가 당신보다 어려도 엄연히 변호사이고 사회인입니다. 기본적인 예의는 지켜 주시죠."

"저기…… 노 변호사님."

"그 정도도 하기 싫으면 그냥 죽으면 됩니다. 아까도 말씀드렸다시피 당신이 자살한다고 해도 바뀌는 건 없습니다."

"……"

성차길이 말렸지만 노형진은 들은 척도 하지 않았다. 결국 차민규는 고개를 푹 숙이면서 자신이 졌음을 인정해야 했다.

"클럽에서 만났습니다."

"좋습니다. 이렇게 가지요. 클럽에서 만났다고요?"

"네."

"어느 클럽이죠?"

"아마데우스요."

"흠……."

노형진은 고개를 갸웃했다.

'클럽이라…….'

노형진은 클럽이라는 곳을 잘 모른다. 사실 가 본 적도 거의 없다. 아마 클럽이라는 공간을 가 본 것은 회귀 전까지 다합쳐서 다섯 번이 안 될 것이다.

"나 거기 알아요!"

그 순간 빼꼼 들어오면서 이야기를 낚아채는 유소미.

"어떻게 기자들이 순순히 떨어지던가요?"

"제가 모자 벗으니까 씨발거리면서 다들 가던데요, 호호호."

아마도 낚였다는 사실에 분노하겠지만 어쩌겠는가. 그렇다고 때릴 수도 없고 말이다.

"아마데우스가 어떤 곳인데요?"

"연예인들이 많이 가는 곳이죠."

"그래요?"

"네, 많이 가죠."

"솔직히 거기는 연예인들이나 연예인을 꼬시고 싶어 하는 사람들도 많이 가죠. 혹시나 해서 지망생들도 많이 가고."

"유소미 씨도 가 봤습니까?"

"전 몇 번 가 봤어요. 아, 그러고 보니 거기 남자는 회원제죠, 아마?"

고개를 끄덕거리는 차민규.

노형진은 고개를 갸웃했다. 회원제라는 것은 일종의 밀폐된 집단이라는 뜻이다. 그런 곳에서 이런 사태가 벌어지는 것은 쉬운 일이 아니다.

　"그럼 여자도?"

　"아뇨, 여자는 보통 얼굴이 되면 입장되죠."

　"하긴……."

　남자는 거기에 여자를 꼬시러 가는 부류가 대부분일 테니까.

　"거기서 만났다고요?"

　"네."

　"거기서 자주 만났습니까?"

　"어쩌다 보니……."

　"흠……."

　노형진은 상당히 조심스러운 생각이 들었다.

　"한번 이야기를 해 보십시오."

　"그게 어떻게 만났냐면……."

　맨 처음에 그녀를 만난 건 클럽에서였다. 접근한 것은 그녀가 먼저였고 말이다.

　딱히 이상한 건 아니었다. 그가 유명한 배우라 알아보는 사람도 많으니까.

　그녀는 술을 사 달라고 접근했는데, 차민규는 그런 그녀가 너무 마음에 들었다고 한다.

　"그래서 사귀자고 했다고요?"

"네."

"흠……."

노형진은 조용히 생각에 빠졌다.

"어떤 면에서 마음에 들었습니까?"

"뭡니까? 사람이 마음에 들 수도 있는 거지."

"마음에 들면 그에 맞는 이유가 있어야지요. 그냥 무조건 마음에 드는 건 말도 안 됩니다. 하물며 클럽에서 만난 여자한테 무조건 마음에 든다? 보통은 안 그렇죠."

"클럽에서 만났다고 지금 욕하는 겁니까!"

"아뇨. 당신의 병신 인증을 욕하는 겁니다. 사실 클럽에서 만나서도 잘 살아요. 그런데 그 사람들도 각자 조심하고 그러는 게 있으니까 잘 사는 거지, 만나는 사람이 100% 마음에 든다? 그건 말도 안 됩니다."

"난 그녀를 사랑합니다."

"사랑해서 100% 마음에 드는 것과 100% 마음에 들어서 사랑하는 것은 전혀 다르죠."

"왜 그렇게 말하는 겁니까!"

"그럴 수도 있잖아요."

노형진은 피식 웃었다.

사람이라는 건 제각각 다른 인생을 살아온 사람이다. 그런데 100% 맞는 사람을 다른 장소도 아니고 클럽에서 만난다?

"그러니까 어떤 부분이 마음에 들었지요?"

"그러니까 조신하고 착하고 조용하고……."

이야기를 들어 보니 노형진은 비웃음이 실실 나왔다.

"차민규 씨."

"네?"

"보아하니 전형적인 모범생 스타일을 좋아하는 것 같은데 그런 사람이 클럽에서 새벽 3시에 당신한테 먼저 술을 달라고 한다고요?"

차민규는 멍해진 표정이 되었다.

생각해 보니 이상했다.

자신의 이상형은 전형적인 모범생이다. 하지만 클럽이라는 곳 자체가 이상형과는 거리가 먼 장소이고, 설사 온다고 해도 새벽 3시까지 누가 있을 것이며, 또 아무리 자신이 유명한 사람이라고 하지만 술을 먼저 달라고 한다?

"뭡니까, 그럼?"

"누군가에게 어드바이스를 받았다는 뜻이군요."

노형진은 고개를 흔들면서 중얼거렸다.

"어드바이스?"

차민규와 성차길이 이해하지 못하고 고개를 갸웃하자 유소미가 그들에게 차근차근 설명해 줬다.

"누군가 이상형에 맞춰서 움직이라고 미리 설명해 줬다는 소리죠."

"이상형에 맞춰서 움직이라고요?"

"네."

"그게 무슨 소리입니까?"

"쉽게 말해서 누군가 처음부터 사기를 칠 목적이었다는 거죠."

"말도 안 됩니다!"

차민규는 비명을 지르듯이 부정했다. 하지면 현실은 잔혹했다.

"그럴 겁니다. 일단 생각해 보세요. 당신이 사귀자고 했고 실제로 사귀었습니다. 심지어 당신은 결혼 생각까지 했다고 했지요. 그런 상황에서 여자가 왜 변심합니까? 20억? 결혼하면 당신이 벌어 둔 재산이 몽땅 자기 건데?"

"그⋯⋯."

"그렇다고 그렇게 20억을 받아 내서 좋으냐? 그것도 아니에요. 이게 소문이 난 이상 그녀의 삶이 편하지는 않을 겁니다. 더군다나 언론을 통해서 강간 이야기까지 흘린 이상 좋게 해결되기는 힘들죠. 여자의 단독 범행이라고 보기에는 터무니없어요. 아마 여자의 단독 범행이라면 결혼 이야기가 나온 이상 포기하고 결혼 쪽으로 방향을 잡을걸요."

"그럼⋯⋯."

"단독 범행이 아닙니다. 누군가 가까운 사람이 있는 거지요. 그것도 차민규의 여성 취향에 대해서 잘 알고, 그걸 알려 줄 만한 사람. 그리고 이런 걸 계획하는 걸로 봐서는 이쪽으로 인맥이 좀 있을 만한 사람."

"흠……."

노형진의 말에 성차길이 잠시 고민하다는 듯하면서 침묵을 지키기 시작했다. 노형진은 직감적으로 그가 누군가 알고 있다는 사실을 느낄 수 있었다.

"누굽니까?"

"네?"

"누군지 예상하시는 것 같은데요."

"그게……."

그는 잠시 고민하다가 결국 천천히 말하기 시작했다.

"박성묵이라고, 그만둔 매니저가 하나 있습니다."

"매니저요?"

"네, 그런데 질이 그다지 좋지 않아서 잘라 버린 녀석입니다."

"그 녀석이 차민규 씨 취향을 압니까?"

"알지요……."

원래 로드매니저인 데다 운전기사 역할을 함께하던 그였으니 그런 취향에 대해서 잘 알고 있었다고 한다. 문제는 그가 그다지 성실하고 바른 타입은 아니었다는 것.

"왜 자른 겁니까?"

"공금횡령으로……."

"공금횡령?"

"네."

차민규쯤 되는 사람이 움직이면 상당한 돈이 든다. 당연히 매니저에게는 법인 카드가 지급된다.

"그걸로 나이트나 룸살롱을 심하게 다니더군요. 솔직히 저도 바닥에서 매니저 생활하면서 살아 봤기 때문에 어지간하면 넘어가 주려고 했지만……."

하루걸러 한 번씩 가는 데다 한 번에 작게는 50만 원, 크게는 100만 원씩 돈을 써 대니 봐줄 수 있는 수준이 아니었다.

"그런 녀석을 왜 쓴 겁니까?"

"하아, 사장 조카입니다."

"닝기미……."

이게 문제다. 연예계는 그 규모에 비해서 여전히 주먹구구식이다. 아무리 노형진이 협동조합을 만들었다고 하지만 그건 어디까지나 기업의 집합체이니 기업 자체가 정리된 것은 아닌 것이다.

'그래서 이게 문제지.'

성실하게 바르게 일하는 사람보다 이런 식으로 대충 일하는 인맥을 가진 사람들이 있다 보니 점점 양아치가 많아진다는 게 이 바닥의 문제였다.

"사장이 뭐라고 안 하던가요?"

"한 달 카드값이 5천쯤 나오니까 자기도 못 참은 모양이더군요."

결국 그를 잘라 버렸다고 한다.

"그 녀석일 것 같군요."

원래 질도 안 좋았고 거기에다 사장의 친척이다. 그런데도 잘렸으니 그의 입장에서는 배신당했다고 생각했을 수도 있다. 그리고 화류계에서 그렇게 돈을 써 대는 놈이면 그쪽으로도 인맥이 있는 건 당연한 일.

"하지만 그래도 친척인데……."

"돈이 관련되면 부모도 죽이는 게 사람입니다."

"……."

성차길은 믿을 수가 없었다. 하지만 차민규의 심리적 약점을 아는 사람 중에서 이런 짓을 벌일 만한 사람은 그 말고는 아무도 없었기 때문에 무조건 아니라고 말할 수도 없었다.

"일단은 그 여자의 사진이 필요합니다."

"사진요?"

"네."

"그게……."

약간은 곤란한 얼굴이 되는 차민규.

노형진은 '설마.' 하는 얼굴로 그를 바라보았다.

"사진이…… 없습니다."

"뭐라고요?"

"어쩌다 보니……."

"어쩌다 보니? 아니…… 그동안 사귀었다면서요? 그런데 사진이 없다는 게 말이 됩니까!"

"사진을 찍는 걸 싫어한다고……. 그리고 저도 아무래도 스캔들 문제도 있고…… 그래서…….”

“이런 미친…….”

사진 찍는 거야 당연히 싫어할 것이다. 그 여자도 한탕 하고 튀는 게 목적이지, 자기 얼굴이 팔리는 건 목적이 아니니까.

지금까지 그녀가 드러난 사진은 최초로 언론에 나설 때 모자와 마스크를 쓴 모습이 다였다. 그래서 아까 전에 유소미가 쉽게 속일 수 있었던 것이다.

“이건 말도 안 돼…….”

노형진은 머리를 부여잡았다.

“고소한 이상 그걸로 추적하면 안 되나요?”

“그걸로 할 수는 있겠지요. 하지만 사진도 없이 그 사람이 누군지 어떻게 압니까? 사는 곳에 누군지 나온대요?”

“…….”

설사 사는 곳을 안다고 해도 자신들이 찾아가 봐야 그곳은 이미 정리된 후일 것이다.

‘이거 대가리에 돌이 들었나?’

도대체 무슨 생각으로 사진도 안 찍었는지 노형진은 기가 막혔다.

“어차피 우리는 끝난 거잖아요.”

“야! 그런 소리 하지 말라니까.”

뭐 하나 막히는 듯하자 바로 또다시 움츠러들기 시작하는 차민규. 그리고 바로 버럭하는 성차길.

"하아, 성 부장님. 그런데 사실 저것도 틀린 말은 아닙니다."

"틀린 말은 아니라요! 노 변호사님까지 그러시면 어쩝니까?"

"재판에서 이긴다고 해도 이미 인민재판은 끝난 거나 마찬가지입니다."

"끄응……."

성차길은 아무런 말도 하지 못했다.

"이런 사건이 처음은 아니잖습니까?"

"……."

맞는 말이다. 연예인들은 상당히 돈을 많이 번다. 그렇기 때문에 이런 꽃뱀이나 사기꾼들의 표적이 많이 된다.

모 개그맨은 강간죄로 들어갔는데 나중에 알고 보니 그 여자가 꽃뱀이었던 적이 있다. 어떤 가수는 남자가 가족을 위협해서 폭행을 했는데 그게 그 가수로부터 돈을 뜯어내기 위한 의도적인 도발인 경우도 있었다. 그리고 대부분의 경우 재기는 하지 못한다.

"언론은 절대로 좋은 뉴스는 안 내줍니다."

그런 뉴스가 나왔다면 지금까지 그 사람을 뜯어먹었던 것처럼 바로 무죄라든가 혐의 없다고 공개해 줘야 한다. 하지만 언론은 그러지 않는다. 위의 두 경우도 언론에서는 그냥 단신으로 보도한 게 다였다.

"보통은 이런 경우 거의 재기를 못 합니다. 특히나 지금처럼 여성 단체까지 끼어든 경우는요."

한국은 여러 여성 단체가 있다. 그들은 대부분 평소에는 아무것도 하지 않고 보조금이나 타 먹지만, 가끔은 이런 일에 끼어들어서 언론 사냥에 적극 동참한다. 실적이 있어야 보상금을 받기 때문이다.

"그러기 위해서는 그 여자가 꽃뱀인 걸 알아야 하는데……."

그걸 증명하는 것은 그 여자의 사진을 가지고 추적하는 것이다. 그런데 사진이 없다니.

"아무것도 없습니까?"

"네……."

"돌겠네."

노형진은 돌아 버릴 것 같은 기분이었다.

'지금이라도 그 집에 가 봐? 아니야……. 집에 가 본다고 한들 있을 리 없지.'

그 집이라는 것도 사실 진짜 집인지 확실하지도 않다.

"이거 골 때리네……."

노형진은 한참 고민했다. 사진이 없다면…….

'잠깐…… 얼굴 사진만 있으라는 법은 없잖아?'

노형진은 문득 한 가지 가능성이 떠올랐다. 물론 가능성은 낮았지만 일단 안 물어보는 것보다는 나을 듯했다.

"신체적인 특징은 없습니까?"

"신체적인 특징요?"

"네. 뭐, 강간 이야기까지 나온 걸 보니 잠자리는 같이한 것 같은데, 그럼 신체적 특징 같은 것도 알 거 아닙니까?"

"신체적 특징…….."

차민규는 아무런 말도 하지 못했다. 얼굴에 비해서 몸은 신체적 특징을 설명하게 힘들었기 때문이다.

더군다나 소위 미녀 타입으로 인식되는 여자들의 대부분은 상당히 마른 늘씬한 몸매를 자랑하는 것이 보통이었다.

"어디에 점이 있다거나…… 아니면 문신이 있다거나…….."

"문신?"

문신이라는 말에 반응하는 차민규.

"그러고 보니 문신이 있었습니다. 허리춤에 긴 날개처럼 생긴…….."

"허…….."

노형진은 그 말을 듣고는 기가 막혔다.

"아니, 모범생이 이상형이라면서요. 모범생이 허리에 문신을 하고 다니는 게 이상하지 않았습니까?"

"그게…… 한국대를 나왔다고 해서…….."

"말로는 무슨 말인들 못 해요."

노형진은 기가 막혀서 말이 안 나왔다. 하지만 어찌 되었건 그 문신이 유일한 단서였기 때문에 그에게 종이를 건넸다.

"최대한 자세하게 그려 봐요. 어쩌면 그게 우리가 가진 유일한 카드일 수도 있으니까."

차민규는 어느 때보다 열심히 머리를 굴리기 시작했다.

물고 물리는 정글

　"역시 집은 비어 있습니다. 애초에 그 집인 것 같지도 않더군요."

　"그래요?"

　"네, 원룸인데 부동산에 물어보니 빈 지 3개월이 넘었답니다."

　"전에 살던 사람일 가능성은?"

　"없습니다. 전에 살던 사람은 40대 중반의 남자라고 하더군요."

　"흠……."

　노형진의 예상대로 성정아의 집은 텅텅 비어 있었다.

　"그나저나 이미 인민재판이 끝난 거나 다름없는데 어떻게 하실 겁니까?"

"그건 일단 나중에 해결합시다."

당장 급한 것은 이 사건의 주범인 성정아를 잡는 것이다.

"어디 있는지 모르는데요, 완전히 잠수를 한 상황이라."

고문학은 걱정스럽다는 듯 말했다.

이렇게 작심하고 잠적한 경우는 찾는 게 쉬운 게 아니다. 설사 찾는다고 해도 자신들은 섣불리 접근할 수가 없다. 괜히 보복한다는 소리가 나올 수 있기 때문이다.

"일단은 그 여자의 신분을 찾는 게 중요하지요."

"하지만 어떻게요?"

노형진은 한 장의 종이를 꺼내서 흔들었다.

"그건……?"

"그 사람의 허리쯤에 있었던 문신입니다. 일반적으로 여성들이 잘하는 건 아니지요."

물론 일부 사람들이 문신을 하기는 한다.

"하지만 문신만으로 어떻게 찾습니까?"

고문학은 고개를 흔들었다.

아무리 새론의 정보 팀이 많은 정보를 얻는다고 해도 모든 정보를 얻을 수는 없다. 하물며 개인의 문신에 대한 정보가 있을 리 없다.

"이 문신에 대해서 알 만한 사람이 한 사람이 있지요."

"있다고요?"

"네."

고문학은 고개를 갸웃할 뿐이었다.

⚖️

"이 문신요?"

"네. 보신 적 있습니까?"

채시영은 노형진의 말에 그걸 이리저리 살피더니 고개를 흔들었다.

"전 모르겠네요."

"그럼 물어봐 주실 수 있습니까? 이런 문신을 한 여자를 찾습니다만."

"이쪽 업계 인간인가요?"

"그럴 겁니다."

노형진은 성정아가 화류계에 있을 가능성이 높다고 생각했다. 이번 사건의 주범이라 할 수 있는 전 매니저인 박성묵은 화류계에 뻔질나게 다녔다고 하니까 그쪽에서 만난 사람과 음모를 짰을 가능성이 높다.

화류계도 사람이 사는 곳이다. 채시영처럼 올바른 사람이 있는 반면 사기꾼 기질이 강해서 남자에게 사기를 치는 여자들도 존재한다. 그런 걸 보통 '공사 친다.'라고 하는데 그런 여자라면 충분히 박성묵의 파트너로 일할 것이다.

"같이 일하는 분들이니 이런 흔적에 대해서는 아실 수 있지 않을까요?"

"뜬금없는 부탁이네요."

보통 여자들이 잠자리를 같이해 준다고 하면 좋다고 달라 붙는 게 남자다. 그런데 노형진은 그걸 거절하더니 도리어 엉뚱한 부탁을 한 것이다.

"어차피 같이 일하려면 이 정도 부탁을 들어주는 건 어려운 건 아니지 않습니까?"

"그거야 그런데……."

노형진과의 동업 이야기가 나오자 하겠다는 사람이 적지 않았다. 그런 만큼 이런 부탁을 이야기하면 좀 더 자세하게 알아봐 줄 것이다.

"좋아요. 일단은…… 제가 한번 알아볼게요."

채시영이 고개를 끄덕거리자 노형진은 미소를 지으면서 그녀를 바라보았다.

⚖️

"나올까요?"

"나올 겁니다."

노형진이 그림을 맡긴 지 며칠이 되었다.

그사이 채시영은 여기저기를 통해서 알아보았다. 아무래도 화류계라는 곳이 이동이 잦은 곳이다 보니 어디 한 군데에서 만나는 사람이 있을지도 모른다는 희망 때문이었다.

"없으면요?"

"글쎄요……."

노형진은 그때는 진짜 방법이 없다는 생각에 한숨이 나왔다. 그때였다.

띠리링.

익숙한 전화벨 소리에 고개를 돌려 보니 스크린에 채시영이라는 이름이 보였다.

"여보세요!"

노형진은 번개같이 전화기를 들어 올렸다.

─노 변호사님.

"혹시 찾았습니까?"

─찾기는 했는데 말이죠.

"그럼 누군가요? 어디에 있던가요?"

─같은 문신을 한 사람이 여덟 명이나 되는데요.

"네?"

노형진은 멍해졌다. 생각지도 못한 문제였기 때문이다.

"같은 문신을 한 사람이 그렇게 많다고요?"

─네. 우리가 아는 사람만 그 정도이지, 우리가 모르는 사람까지 합하면 제법 될 것 같은데요.

채시영의 말에 노형진의 얼굴에 낭패의 빛이 떠올랐다.

'이러면 상대방을 특정하지 못하는데.'

노형진은 이를 빠드득 갈았다.

물론 주민등록번호는 안다. 하지만 주민등록번호는 상대방이 흔적을 지우고 숨었을 때는 그다지 도움이 되지 않는다.

"하아, 그렇군요. 일단 감사드립니다. 다른 방법을 찾아봐야겠는데요."

—호호호호, 설마 제가 나쁜 소식만 가지고 왔겠어요? 우리 주요 고객님이신데.

"고객은 아닌 듯한데요?"

—튕기시기는. 하여간 우리도 힘들게 얻은 정보니까 그냥은 못 드리고, 조건이 있어요.

"조건?"

노형진은 침을 꿀꺽 삼켰다.

현재 유일한 정보를 가진 사람은 그녀다. 그런 그녀가 조건을 달면 안 들어줄 수는 없다.

"뭡니까, 조건이?"

—사실대로 말해 주면 돼요.

"가능하면 그렇지요. 그래서 질문이 뭡니까?"

—혹시…… 변호사님, 고자?

"헐?"

노형진은 멍해졌다. 그게 무슨 질문인가 싶었다. 하지만 일단 질문을 받았으니 대답은 해야 한다.

"고자 아닙니다. 멀쩡합니다."

－그래요? 야, 고자 아니래!

－아, 뭐야. 근데 왜 여자를 싫다고 해?

－아직 고기 맛을 못 본 거야. 고기 맛을.

－그럴지도. 오호호.

－아싸! 돈 내놔. 내가 이겼지!

전화기 너머에서 들리는 소란스러운 목소리들.

노형진은 그 목소리를 들으면서 대충 상황이 이해가 갔다. 아마도 자신의 성적인 능력에 관해서 돈을 건 모양이었다.

－아니, 고자도 아닌데 왜 안 해요? 다음번에 와서 힘 좀 써 봐요. 돈 잃었네.

채시영의 말에 노형진은 쓴웃음이 나왔다.

'고자인 쪽에 돈을 건 거였나.'

얼토당토않은 오해를 받기는 했지만 일단은 중요한 질문은 아니라는 사실에 노형진은 안도의 한숨을 내쉬었다.

"그건 상황 봐서요."

－쳇, 역시 호모 쪽으로 걸었어야 하나.

"안 거는 게 좋을 겁니다."

－쳇, 하여간 그 문신에 대한 정보는 어려운 건 아니에요. 우리 쪽에 비슷한 문신한 애들한테 물어보니까 그 문신을 해 주는 곳은 한 곳뿐이라고 하더라고요.

"한 곳요?"

노형진은 정신이 번쩍 들었다. 그 문신을 할 사람을 잡지는 못했지만 그 문신을 하는 곳은 알아낸 것이다.

 －불법적으로 하는 곳이기는 한데 실력은 있나 봐요.

 '당연히 불법이지.'

 대한민국에서 문신은 기본적으로 의사만 할 수 있도록 되어 있다. 하지만 돈을 많이 버는 의사들이 문신을 할 리 없고 또 품위가 낮아진다고 해서 하려고 하는 사람도 없다. 가끔 하는 사람이 있기는 하지만 무척이나 비싸다.

 "그래서 그 사람이 누구입니까?"

 －문자로 보내 드릴게요.

 잠시 후 도착한 문자를 본 노형진은 배시시 미소를 지었다.

⚖️

 "실례합니다."

 '끼익' 하는 소리와 함께 들어가자 안에서 나오는 남자.

 그의 얼굴에는 피어싱이 가득했고 온몸에는 문신이 가득해서 사람들이 피해 갈 만한 부류였다.

 "조이 씨?"

 조이. 실명은 모른다. 뒤쪽 세계의 문신 기술자로 이름난 사람이라고 했다.

 "무슨 일입니까?"

 조이는 탁한 목소리를 대답했다. 마치 귀찮다는 듯한 얼굴.

"문신에 대해서 좀 알아보려고 왔습니다만."

"가격을 물어보려고 온 건 아닌 것 같은데?"

딱 봐도 양복을 입은 노형진이 그것에 대해서 물어볼 리 없기 때문에 조이는 대번에 의심스러운 얼굴이 되었다.

"문신을 하러 온 사람에 대해서 알아보러 왔습니다."

"할 말 없소."

대번에 거절하는 조이.

'내 이럴 줄 알았지.'

이런 불법적인 곳에서 시술을 받는 사람들이 한두 명이 아닐 것이다. 그리고 그중에는 질이 안 좋은 사람도 있을 수 있다. 당연히 사건과 연관되고 싶은 생각이 없을 것이다.

"그냥 간단하게 신분만 확인해 주시면 됩니다."

"싫다니까. 꺼져."

당장 쫓아내려고 하는 조이.

"안 되겠는데요."

"경찰을 부른다."

"이 장비를 두고요?"

노형진은 방 안쪽에 보이는 문신 장비를 보면서 피식 웃었다.

"그러면 전 식약청을 부르지요."

"크흠……."

의사가 아닌 조이가 문신을 하는 것은 불법이다. 당연히 이런 장비가 있는 곳에 경찰을 부르고 싶어 할 리 없다.

"무리한 요구를 하는 게 아닙니다. 그냥 누군지 확인만 해 주시면 됩니다."

"싫다니까."

경찰은 안 부르겠지만 딱 잘라 거절하는 조이.

노형진은 그런 그를 보면서 극단적인 방법을 쓰는 수밖에 없다는 사실을 알아차렸다.

"그러면 별수 없지요."

슬쩍 뒤로 물러나서 문 밖에 선 노형진. 그리고 그런 노형진을 미심쩍게 바라보는 조이.

"말씀드렸다시피 전 식약청 전화번호를 알고 있어서요. 과연 식약청에서 이 장면을 보면서 뭐라고 할지 궁금하네요."

조이는 눈에 띄게 당황했다.

"아, 걱정하지 마세요. 전 어디로 도망 안 갑니다. 현행범은 바로 잡아야지요. 안 그런가요?"

그러면서 전화기를 든 노형진은 버튼을 눌러서 스피커폰으로 돌렸다.

"여보세요."

-네, 식약청입니다.

"아, 혹시 문의할 게 있는데요. 의사가 아닌 다른 사람이 문신 시술을 하는 거 불법이죠?"

-그렇습니다.

"그러면 신고를……."

그 말까지 하자 번개같이 튀어나와서 노형진의 핸드폰을 잡고 전원을 꺼 버리는 조이. 그는 노형진을 보면서 이를 빠드득 갈았다.

"이러는 이유가 뭐야?"

"당신하고 똑같지요, 돈 벌려고."

"끄응……."

조이는 신음 소리를 냈다. 돈이 낀 이상 일반적으로 쉽게 물러나지 않는다는 것을 알고 있기 때문이다.

"그래서 뭐가 궁금한 거야?"

"이런 문신을 한 사람을 찾습니다."

노형진은 그에게 그림을 보여 줬다. 조이는 그걸 보면서 이리저리 살피더니 그걸 다시 건넸다.

"이런 디자인은 족히 마흔 명은 해 줬다."

"그중에서 허영이 좀 심한 사람을 찾습니다. 화류계에 있는 사람일 가능성이 높구요."

그러면서 차민규에게 들었던 외모에 대한 설명을 최대한 이야기해 줬다. 물론 사진이 있어야 자세한 정보를 알 수 있지만 그래도 이런 설명이 없는 것보다는 나으니까.

"음……."

그걸 듣던 조이는 누군가 생각나는 사람이 있는지 잠시 침묵을 지키다가 고개를 들었다.

"화류계 사람한테 해 준 게 한 스무 명쯤 되는데 그중에서 생각나는 년은 한 명뿐인데."

"년?"

"그래, 성정아 그 쌍년."

"이름은 그게 맞습니다."

노형진은 이름을 고의적으로 말하지 않았다. 그래야 확실하게 할 수 있어서다. 그런데 그의 입에서 이름이 나오자 얼굴이 환해졌다.

"아, 그 개년 때문에 온 거구먼."

"사이가 안 좋은 모양입니다?"

"그년이 그거 한 거 떼먹고 튀었거든."

"허?"

원래 문신은 한번 가서 끝나는 게 아니다. 여러 번 가서 해야 한다.

"그때마다 외상, 외상 하기에 그냥 뒀더니 튀었어."

"언제요?"

"대략…… 한 달쯤 됐지?"

'맞다.'

그때쯤이면 막 차민규에게 작업이 들어갈 때다. 그러니까 그때쯤 튀었다는 그 여자가 맞을 가능성이 높다.

"그 여자가 어디 있는지 알 수 있습니까?"

"귓구멍이 막혔냐? 튀었다니까. 어디 있는지 알면 내가 가서 돈 받아 오지."

"그럼 어디에서 일하는지, 아니 일했는지는 알 수 있나요?"

"그년이 일한 곳? 그거야 어렵지 않지. 그년, '색종이'라는 곳에서 일했어."

"색종이요?"

"그 색이 그 색이 아니다."

노형진은 대충 알아들었다. 하여간 업소를 찾은 이상 추적은 훨씬 빨라질 게 틀림없었다.

⚖️

"확인해 봤구먼유."

강성태는 빙글거리면서 안으로 들어왔다.

"색종이에서 그년이 일한 거 맞아유. 아주 소문이 파다하던데유?"

"파다하다? 이번 사건에 대해서 말이야?"

그렇다면 이미 정보 라인에 걸려야 했다. 그런데 그쪽에 소문난 건 그런 게 아니었다.

"그게 아니라 허영이 무척이나 심하다고 하네유. 명품 마니아래유."

"명품 마니아?"

"네. 명품이라면 환장한대유."

"허?"

"그리고 다른 사람들하고 학력이 좀 달라유."

"얼씨구?"

이야기를 들어 보니 가관이었다. 그곳에서 일하는 많은 여성들이 생계를 위해서, 또는 다른 이유로 큰돈이 필요해서 일하는 경우가 많다. 그런데 명품이라니.

"한국대? 그것도 법대? 미친 거 아냐?"

노형진은 학력을 듣고는 기가 막혀서 말이 안 나왔다. 심지어 사법시험 1차 시험까지 통과한 사람이었다.

"아니, 이런 인간이 뭐가 아쉬워서……."

한국대에서 1차까지 통과했으면 상당한 수재다.

"그게 문제인 것 같아유. 2차에서는 계속 떨어졌네유."

"끄응……."

1차는 암기 위주다. 하지만 2차는 이해력 위주다. 아무리 암기를 잘해서 한국대에 들어가고 그 후에 1차를 통과한다고 해도 2차에서 이해력이 떨어지면 절대 붙지 못한다.

"그런데 돈독이 올라 버렸군."

"그런 것 같더라구유."

그런 상황에서 어떤 계기로 명품이라는 것에 눈이 멀어 버렸다.

"확실히 똑똑한 것과 지혜로운 건 전혀 다른 문제이지."

아무리 좋은 학교를 나오고 성적이 좋다고 해도 결국 자기 자신을 통제하지 못하면 나락으로 떨어지는 것은 순식간인 것이다.

"어쩌면…… 생각보다 주범에 가까운 사람일지도 모르겠군."

"그렇겠지요."

박성묵이 정보를 줬을지도 모르지만 이 계획을 짠 것은 성정아 그녀일 가능성이 높다. 확실한 것은 그녀의 신분을 봐서는 아무리 봐도 계획적으로 접근했다는 것이다.

"흠."

노형진은 그 말을 듣고는 이상하다는 생각이 들었다.

'사랑이라…….'

그렇게 똑똑한 여자라면 이야기가 이상해진다.

'어째서…….'

노형진은 조용히 생각에 빠져서 이번 일을 해결할 방법을 찾고 있었다.

⚖️

"뭐라고요?"

노형진이 한 말은 성차길에게도, 차민규에게도 충격적인 말이었다.

"아마도 이번 사건의 주범은 성정아일 가능성이 높습니다."

"아니, 어째서요?"

"박성묵에 대해서 조사를 좀 해 봤습니다. 고졸. 그것도 그다지 좋은 곳을 나온 것은 아니더군요. 그에 반해서 이 사건에는 무척이나 체계적이고 복합적으로 접근합니다. 이런 건 법적인 지식이 전혀 없는 상황에서는 전혀 할 수 없는 행동입니다."

"그럴 리 없습니다."

차민규는 절망했다. 하지만 현실은 바뀌지 않았다. 아니, 바뀔 수가 없었다.

"아마도 처음에 계획한 것은 박성묵이었을 겁니다. 하지만 지금까지의 방식을 봐서는 거기에 살을 붙이고 구체적으로 만든 것은 성정아일 가능성이 높습니다."

"어떻게 그걸 아시죠?"

"저들은 강간당했다고 경찰에 고소했습니다. 그렇지요?"

"네."

"일반적으로 협박하는 녀석들은 고소 안 합니다. 그러면 카드를 잃어버린다고 생각하거든요."

일반적으로 협박범들은 최후까지 그 카드를 쓰지 않으려고 한다. 만일 성폭행으로 고소하면 더 이상 협박을 못 하기 때문이다.

"박성묵은 일반인입니다. 법적인 과정을 잘 모르지요. 그러면 고소를 하지 않았어야 정상입니다."

"그런데 왜 고소를 한 겁니까?"

"위력의 문제죠."

"위력?"

"네."

실제로는 고소하지 않으면서 강간으로 고소한다고 겁을 주는 것에는 여러 가지로 한계가 있다.

"첫 번째 이유는 주도권 싸움일 겁니다."

협박을 해서 그냥 진행하면 여러 가지 문제가 생길 수 있다. 가령 남자 쪽에서 먼저 협박으로 고소할 수도 있다. 그러면 그 후에 여자가 강간으로 고소한다고 해도 외부에서 봤을 때는 협박으로 인해 고소당하자 처벌을 피하기 위해서 강간으로 고소했다고 생각할 수 있는 가능성이 다분해진다.

"그러니까 차라리 강간으로 고소해서 일단 강간범 이미지를 박아 두고 시작하는 겁니다. 이미지 싸움인 거죠."

"음……."

만일 차민규 쪽이 선공으로 협박당했다고 고소하게 되면 당연히 돈과 여론을 등에 업은 차민규 쪽이 유리할 수밖에 없다.

"두 번째는 법적인 문제이죠."

"법적인 문제?"

"네. 강간은 현재는 친고죄입니다."

"현재는?"

'아차…….'

미래에는 강간은 친고죄가 아니라 신고로 바뀐다. 하지만 현재는 친고죄다.

"흠흠…… 하여간 강간은 신고한 이상 그걸 없애는 방법은 하나뿐입니다. 바로 신고자가 취하하는 거죠."

"협박하고 그게 뭐가 다른 거죠?"

"첫째, 친고죄로 들어간 이상형을 피하기 위해서는 어쩔 수 없이 합의해야 합니다. 당연히 적지 않은 돈을 받아 낼 수도 있지요. 물론 협박을 받을 때보다는 적어질 수도 있지만 확실하게 받아 낼 수 있죠. 둘째, 기본적으로 이런 강간은 여성의 진술을 기본으로 합니다. 말이 기본이지, 여자가 저 사람이 강간했다고 하면 그냥 강간범이 되는 겁니다."

"윽……."

"첫 번째로 말한 이유 때문에 확실하게 하려면 강간으로 고소하는 게 훨씬 빨라지지요. 특히 남자, 그것도 연예인이라면 사회적 여론 때문에 협상을 서두르게 됩니다. 구설수에 올라 봐야 좋을 게 하나도 없으니까요."

그리고 노형진이 봤을 때 아무리 봐도 박성묵은 이런 고차원적인 전술을 짜는 인간이 아니었다. 그런 인간이었다면 법인 카드로 룸살롱을 가는 게 아니라 횡령할 방법을 찾았을 것이다.

"이럴 수가……."

노형진의 말이 길어질수록 차민규는 점점 절망감에 몸을 숙였다.

'쯧쯧…… 이래서 애정 결핍이란…….'

아마도 그는 지금까지 믿고 있었을 것이다, 성정아가 협박 때문에 어쩔 수 없이 한 거라고. 그러니까 진실이 밝혀지면 다시 돌아올 거라고 믿어 왔을 것이다. 하지만 상황은 도리어 그가 주범일 가능성이 높다는 사실을 알려 주고 있었다. 최소한 공범이기는 한 상황.

"그럼 어쩝니까? 우리는 이렇게 당할 수밖에 없나요……?"

성차길은 절망적으로 머리를 부여잡았다.

"방법은 없는 건 아닙니다."

노형진은 고개를 그들을 바라보았다.

"아마 그들 내부에는 내분이 싹텄을 겁니다."

"내분?"

"네."

"아니, 왜요?"

"차민규 씨가 청혼을 했기 때문이지요."

모두의 시선이 차민규에게 향했다. 하지만 차민규는 그게 왜 내분의 이유가 되는지 알 수가 없었다.

"그게 무슨 상관입니까……? 절 배신했는데…….."

"전에 말씀드렸지요, 사귀는 건 헤어질 수 있지만 결혼은 전혀 다른 문제라고? 만일 차민규 씨와 결혼하면 차민규 씨의 재산을 실질적으로 관리하는 건 성정아가 됩니다."

"그래서요?"

이해를 못 하는 두 사람. 그러나 옆에 있던 유소미는 바로 알아들었다.

"아! 그건 박성묵에게는 손해겠네요."

"응?"

"생각해 보세요. 과연 결혼하면 박성묵은 어디서 돈을 받을까요?"

"아!"

성정아는 차민규와의 결혼 시 차민규의 재산을 자유롭게 쓸 수 있게 되는 반면, 박성묵은 한 푼도 얻을 수 없다. 그가 돈을 받을 수 있는 것은 어디까지나 성정아가 차민규를 강간으로 고소해서 돈을 뜯어내는 데에 성공한 경우에 한하기 때문이다.

"박성묵으로서는 절대 그렇게 놔둘 리 없죠. 아마 화류계에서 일했다는 점과 협박을 계획했다는 점을 증거로 들이밀 겁니다."

"그럼……."

"네. 반면에 성정아의 입장에서는 수십억의 재산을 날리는 꼴이 되는 거죠. 미래를 봐서는 수백억이 될 수도 있었던 재산을요."

꽃뱀의 궁극적인 목적이 뭔가? 바로 돈이다. 그걸 더 벌수 있는 기회를 자기 파트너 때문에 실패한 것이다.

"그러니 내분이 있을 겁니다. 그걸 살살 건드려 볼까 생각

중입니다."

"그걸요? 그걸 건드려서 어쩌시려고요? 이미 인민재판은
끝났는데요."

"그렇지요. 하지만 여론을 돌리기 위해서는 그들의 내분
이 절대적으로 필요하니까요."

이대로 차민규의 재판을 끌고 나가면 이기는 것은 어렵지
않다. 그가 화류계에서 일했던 증거와 기타 증거들을 잘 섞
으면 말이다. 그에 반해서 상대방은 강간당했다는 증거뿐이
니까.

"하지만 이대로 있으면 차민규 씨의 인생은 박살이 날 겁
니다. 아시죠?"

"네……."

언론은 절대로 사과 안 한다. 그런 만큼 혐의를 벗었다고
해도 제대로 해명 기사도 안 내줄 것이 뻔하다. 그들에게는
진실보다는 자극이 필요하니까.

"그러니까 자극을 좀 더 하는 것도 좋지요."

"좋다고요?"

"네, 저들이 자극을 원한다면 그 자극을 주는 것도 좋은
방법입니다."

"하지만 그렇다고 뭐가 바뀌는데요?"

"글쎄요……. 일단은 뭐, 국민들을 우리 쪽으로 돌릴 수
있지 않을까요?"

"그게 가능할 리 없지 않습니까?"

차민규는 자신의 상황에 대해서 너무나 잘 알고 있었다. 이런 사건이 벌어졌을 때 재기한 사람은 단 한 명도 없었다.

"그러니까 좀 더 자극적이고 눈물을 자극하는 쇼를 좀 해 보는 것도 나쁘지는 않을 것 같네요."

"쇼라고요?"

"네, 국민들을 대상으로 쇼를 하는 거죠."

노형진의 말을 들은 사람들은 어이가 없었다.

"설마 그 여자가 화류계에서 일하는 사람이라고 공개하려고 하는 겁니까? 그런다고 상황이 바뀌지는 않을 것 같은데요?"

"공개는 안 할 겁니다. 하지만 공개되겠지요."

"네?"

"사람들은 가끔은 신파극을 좋아하지요. 특히 여자들은요."

"……?"

노형진이 뭘 생각하는지 모르는 사람들은 그저 고개를 갸웃할 수밖에 없었다.

자기 버릇은 개 못 준다

"자신 있습니까?"

"저, 연기자입니다."

차민규는 평소와는 다른 모습으로 있었다. 지난 며칠간 마음을 추스르는 듯하더니 다시 강인한 이미지로 나타난 것이다.

"그런데 이러면 도리어 적을 만드는 게 아닐까요?"

"적을 만드는 게 아닙니다. 도리어 이런 경우는 어줍지 않게 포용하고 가려는 게 더 문제가 될 수 있습니다."

"그럼?"

"차라리 확실하게 못을 박아서 끌고 갈 수 있는 사람만 끌고 가는 겁니다."

"……."

"뭐, 함께 있으면 되는 거니까 어려운 건 아닙니다."

"알겠습니다."

오늘은 기자회견이 있는 날이었다. 지금까지 언론은 엄청나게 차민규를 씹어 대고 있었다. 그건 소속사도, 차민규도 어찌할 바를 몰라서 가만히 있었기 때문이다. 그러나 본격적으로 반박한다고 하자 기자들이 엄청나게 몰려왔다.

"그나저나 오늘 대변인이 같이 온다고 하지 않았습니까?"

"네, 올 겁니다. 아, 마침 저기 오는군요."

"어디요?"

무심결에 고개를 돌린 차민규는 자신도 모르게 입을 쩍 벌렸다. 단정하게 틀어 올린 머리. 블라우스 위로 살짝 보일 듯 말 듯 한 브래지어. 그리고 누가 봐도 침을 흘릴 만한 섹시미.

"어…… 누구?"

"지난번에 보신 분입니다. 유소미 씨요."

"유소미 씨라고요?"

성차길은 깜짝 놀랐다. 오디션을 볼 때 재능이 없다고 생각해서 차 버린 것이 생각난 것이다. 그런데 지금 본 모습은 전혀 생각지도 못한 것이었다.

"어울리나요?"

약지로 쓰고 있는 안경을 살짝 치켜 올리면서 웃는 그녀의 모습은 어떤 남자가 봐도 흔들릴 만한 모습이었다.

'얼씨구…… 장난 아닌데.'

노형진도 그 모습을 보면서 살짝 놀랄 수밖에 없었다. 단순히 안경을 올리는 행동이지만 그녀는 보통 많이 쓰는 중지나 검지가 아니라 약지로 올렸다. 그건 상대방에게 섹시하게 보인다는 것을 알고 고의적으로 그런 것이다.

"알아보지도 못하겠습니다."

"알아보면 문제죠. 그래도 연기자인데."

그걸 보면서 성차길은 자신이 인재를 내버렸다고 후회할 수밖에 없었다.

"그나저나 오늘 발표할 내용이요. 일반적으로 발표하는 내용은 아니지 않나요?"

"그러니까 제가 이렇게 거하게 발표하는 겁니다. 일단 이런 사건은 진실보다는 여론을 어떻게 뒤집는지가 더 중요합니다. 이대로 사건에서 이겨 봐야 차민규 씨는 절대로 복귀하지 못합니다."

"……."

강간범 타이틀이 있는 이상에야 세상에 어떤 미친놈이 그를 드라마나 영화에 출연시키려고 하겠는가?

"하지만 상황은 어 다르고 아 다른 법이지요."

"음……."

"일단 제 말을 믿으세요."

"그건 알겠는데 도대체 왜 저한테 이런 모습으로 하게 한 거예요? 뭐, 대변인 노릇을 시킨다고는 미리 듣기는 했지만."

유소미는 자신의 모습이 마음에 안 드는 듯 얼굴을 찡그렸다.

"왜요? 섹시한 것도 어울리는데."

"전 큐트가 좋지, 섹시한 건 별로인데요."

"둘 다 잘 어울립니다."

"어머? 그거 작업?"

"장난하지 마십시오. 그렇게 꾸미라고 한 건 성정아에게 자기 자리가 위협받을 수 있다는 것을 알려 주기 위해서입니다."

"위협요?"

"네, 그렇게 되면 그 여자는 다급해질 겁니다. 사람은 다급하면 실수하게 되어 있지요."

노형진의 말에 다들 고개를 끄덕거렸다.

"자, 그럼 이런 경우는 액션이라고 하던가요? 레디, 액션!"

그렇게 인생을 건 연극이 시작되었다.

⚖️

"이번 사건에 대해서 저희 고수엔터테인먼트에서는 공식적인 발표를 하기 위해서 이 자리에 나왔습니다."

유소미가 앞으로 나오자 기자들의 눈이 번들거리기 시작했다.

"무슨 대변인이 저렇게 예쁘냐?"

"장난 아닌데?"

"저기는 대변인인데 외모로 뽑나?"

"연기자 아냐?"

"처음 보는데? 연기자는 아닐걸?"

두런두런 이야기를 하는 사람들. 그들은 예쁜 대변인만으로도 충분히 이번에 오기를 잘했다고 생각하고 있었다.

그들이 그러든 말든 유소미는 차분히 준비된 원고를 읽었다.

"공식적으로 저희 고수엔터테인먼트에서는 이 사건에서 강간은 하지 않았다는 것이 공식적인 입장입니다."

"역시."

"그럴 줄 알았지."

언제나 이런 일이 벌어지면 답변은 똑같다. 그런 일은 없었다. 그런 걸 인정할 미친놈은 없으니까.

"그리고 공식적으로 이번 사건에 대해서도 경찰에 무고 및 협박죄로 고발할 생각입니다."

다른 사건들과 그다지 다를 바가 없는 공식 기자회견이었다. 그렇기 때문에 기자들은 약간 기운이 빠진 듯했다.

'후후후.'

노형진은 미소를 지으면서 그들을 바라보았다.

'자, 이제 떡밥은 충분히 뿌렸고…… 슬슬 미끼를 던져 볼까?'

몇 번의 질의응답이 끝난 뒤 노형진이 신호를 보내자 유소미는 고개를 끄덕거렸다.

"다만 이번 사건에 관련하여 고소는 하지만…… 차민규 씨와 성정아 씨의 관계에 대해서는 확실하게 하고자 합니다."

"모르는 사이다, 아니면 교제하는 사이다 같은 거겠지요."

너무나 뻔한 대답이 나올 거라 생각했기 때문에 기자는 당연한 대답을 했다.

"맞습니다. 성정아 씨와 차민규 씨는 교제 중이었습니다."

"역시."

별반 다를 바 없는 인터뷰였다. 하지만 반전은 그때부터였다.

"그리고 차민규 씨는 성정아 씨에 대한 비밀을 알고 있습니다."

"알고 있다고요?"

"그게 무슨 말입니까?"

"말씀드릴 수 없습니다. 이는 지극히 개인적인 사항이기 때문입니다."

"개인적인 사항?"

"네. 하지만 그로 인해서 이번 사태가 벌어졌다는 것이 저희 고수엔터테인먼트의 자체 조사에서 나온 결론입니다."

"자체 조사라니요?"

"이번 사건에 관련하여 얼마 전까지 저희 고수엔터테인먼트에 근무하던 직원 한 명이 관련되어 있다고 추정하고 있습니다. 해당 직원은 차민규 씨의 약혼자인 성정아의 비밀을 이용하여 그녀를 협박해 이번 사건을 꾸민 것으로 보고 있습니다."

기자들은 웅성거리기 시작했다.

보통은 이런 경우 일반적인 대응은 강간을 부정하면서 모든 책임을 여자에게 씌우는 것이다. 그런데 제3자에게 그 책임을 뒤집어씌우는 것은 처음 있는 일이었던 것이다.

"고소인인 성정아 씨는 자신의 비밀에 대해서 차민규 씨가 전혀 알지 못하고 있다고 생각하고 어쩔 수 없이 전 직원의 협박에 넘어간 것으로 보입니다. 하지만 차민규 씨는 사실에 대해서 알고 있었습니다. 그렇기 때문에 성정아 씨에게 청혼한 것입니다."

"청혼요? 방금 청혼이라고 했습니까?"

"그렇습니다. 해당 사실은 ○○호텔에 있는 ○○식당에 확인해 보시면 알 수 있을 겁니다. 일시는 지난 22일입니다."

청혼이라는 생각지도 못한 변수가 나오자 기자들의 관심이 점점 이쪽으로 쏠리기 시작했다.

"그럼 그 비밀이라는 게 뭡니까? 얼마나 큰 비밀이기에 차민규 씨에게 청혼을 받은 여자가 갑자기 돌아선 겁니까?"

"그것에 대해서는 말씀드릴 수 없습니다. 지극히 개인적인 사항이기 때문입니다. 다만 차민규 씨는 여전히 성정아 씨를 사랑하고 있으며 이 사건이 해결된 후에 다시 결합하길 원하고 있습니다."

"결합이라고요? 자신을 강간으로 고소한 여자를요?"

"그런 게 사랑이 아닐까요? 그리고 이번 사건이 그녀의 잘못이 아닌 타인의 협박으로 이루어진 것이 명확한 상황에서 그녀에게 책임을 돌릴 수는 없다고 생각됩니다. 일단 차민규 씨의 의중은 그렇습니다."

그러자 기자들의 시선은 당장 차민규에게 돌아갔다. 그리고 미친 듯이 질문이 쏟아지기 시작했다.

"진짜로 결혼하실 생각입니까?"

"배신감은 안 드십니까?"

"어떻게 그런 여자를 용서할 수가 있지요?"

"그 여자의 비밀이 뭡니까?"

차민규는 차분히 침묵을 지켰다. 그리고 질문들이 폭풍같이 지나가고 나자 차민규는 유소미 앞에 있던 마이크를 당겨서 자신의 입 앞으로 가지고 왔다.

"말씀드린 것이 다입니다. 전 아직까지 그녀를 믿고 있습니다. 세상이 그녀에게 손가락질을 할지도 모르지만 전 아직 우리에게 기회가 있다고 믿습니다."

"그게 무슨 말이죠?"

"더 이상 인터뷰는 그만하겠습니다."

차민규가 일어나서 나가자 유소미도 그 뒤를 따랐다. 그러자 기자들은 그들에게 끊임없이 질문을 던지기 시작했다.

⚖

"난리가 났네. 난리가 났어."

언론은 생각지도 못한 뉴스에 난리 법석을 떨고 있었다. 무엇보다도 그 비밀이 뭔지 알아내지 못해서 안달이었다.

일부에서는 여전히 강간범은 강간범이라는 식으로 주장하고 있었지만 사람들은 그 강간이라는 단어보다 그 여자의 비밀이라는 단어에 더욱 매료되어서 그게 뭔지 궁금해하고 있었다.

"그런데 전 그 여자에 대해서 전혀 알지 못하는데요?"

채시영은 고개를 갸웃하면서 물었다. 노형진이 한 부탁은 어려운 건 아니었지만 자신은 이번 사건의 주범인 성정아와 아는 사이가 아니었던 것이다.

"그건 상관없죠. 기자들이 원하는 건 그 비밀이라는 것입니다. 그러니까 그걸 알아내기 위해서 노력 중이고요. 그게 어디서 나왔든 그건 따지지 않을 겁니다. 기자란 그런 족속이거든요."

"그렇기는 하지만……."

채시영은 자신의 전화기를 바라보았다.

"그냥 직접 알리는 게 좋지 않아요?"

"그러면 이쪽의 진실성이 의심받거든요. 이쪽의 진실성을 의심받지 않기 위해서는 전혀 엉뚱한 곳에서 새어 나가야 합니다."

"뭐, 그렇다면야……."

채시영은 자신의 핸드폰을 들어서 어디론가 전화하기 시작했다. 술집에 오는 사람들 중에는 별의별 사람이 다 있다 보니 그중에는 이런 것에 관심이 있는 사람도 있기 마련이었다.

"아, 오빠. 나 시영이. 언제 올 거야? 뭐? 특종 때문에 난리 났다고? 에이, 그래도 오는 게 좋을걸? 그 특종은 내가 쥐고 있는데? 뭐냐고? 글쎄? 요즘 한창 시끄러운 아가씨의 정체라고 하면 알려나? 뭐, 차민규라는 사람이 좀 불쌍하기는 한데 그래도 나도 먹고살긴 해야지."

기자에게 전화를 거는 채시영을 보면서 노형진은 나지막하게 그녀에게 말했다.

"그리고 때로는 정보의 가치가 중요한 것도 있습니다. 그 가치는 결국 정보를 가진 사람이 판단하거든요. 그리고 사람은 더욱 힘들게 주고 얻은 정보를 믿는 버릇이 있지요."

그리고 채시영은 바로 그 말을 알아들었다.

"그래서 바로 온다고? 오는 건 좋은데 이거 맨입으로는 안 되는 거 알지? 뭐? 에이, 손님으로 와서 매상 올려 주는 거랑 같나. 그래도 나도 챙겨야지. 그래…… 그 정도면 되겠네. 뭐? 당연히 특종이지. 아직 아무한테도 말 안 했어. 독점? 두 배?"

생각지도 못한 추가 수입에 채시영의 얼굴에 미소가 환하게 퍼지기 시작했다.

⚖

독점 공개! 차민규의 그녀

그녀의 정체가 밝혀지다

언론에서는 난리가 났다. 드디어 그녀의 정체가 밝혀진 것이다.

원래 화류계에서 일하던 여자이며 박성묵과 알고 지내던 사이라는 뉴스는 기자들 사이에서 빠르게 퍼지기 시작했고 국민들의 여론은 이제 과거처럼 차민규를 욕하지는 않았다.

"자, 이제 마지막 정리를 해 볼까요?"

노형진은 뉴스를 보면서 고개를 끄덕거렸다.

"정리요?"

차민규는 노형진을 처음과 다르게 깍듯이 대하고 있었다.

처음에는 나이가 어리다고 생각해서 무시했다. 하지만 일을 해결하는 것을 보니 결코 무시할 사람이 아니라는 것을 알았던 것이다.

"지금 이대로 간다고 해도 전처럼 재기 불능은 아닐 겁니다."

이미 차민규에 대한 사람들의 분위기는 상당히 우호적이었다. 한 여자의 과거를 알면서도 받아 준다는 것, 더군다나 그녀가 배신했음에도 불구하고 받아 준다는 것은 쉬운 일이 아니기 때문이다. 그래서 여자들이 생각하는 하나의 로맨스 같은 것이기도 했다.

"하지만 하려며 확실하게 해야지요. 그리고 우리의 계획에는 그것만 있는 것이 아니니까요."

노형진 미소를 지으면서 차민규를 바라보았다.

☖

―그녀에 대해서 욕하는 사람들이 많은 것은 알고 있습니다. 하지만 그녀에게 다시 한 번만 기회를 주십시오. 그녀가 그런 일을 했다고 이 세상에서 기회를 박탈당하는 것은 부당합니다.

성정아는 방송에 나오는 차민규의 모습을 보면서 가슴이 떨려 왔다. 그는 눈물까지 흘리면서 기자들에게 무릎을 꿇고 있었다.

―그녀에 대한 마녀 사냥은 그만둬 주십시오.

그 모습을 본 여자들은 왠지 가슴이 찡해졌다. 자신의 여자를 위해서 과거를 감싸면서 무릎을 꿇고 자신이 사과하는 모습은 요즘 시대에는 보기 힘든 거니까.
'어쩌면……'
성정아 역시 그 방송을 텔레비전으로 보고 있었다. 그리고 역시 가슴이 떨리고 있었다. 물론 차민규에 대한 사랑 때문이 아니었다. 사랑 같은 건 하지도 않았다. 그녀가 그렇게 떨린 건 다른 이유에서였다.

'다시 잡을 수 있을지도 몰라.'

맨 처음 차민규가 청혼했을 때 성정아는 당연히 응하려고 했다. 잘나가는 배우이니 엄청난 돈을 벌 테니까. 하지만 박성묵 때문에 그럴 수가 없었다.

"거기에 응하려고? 그럼 우리는 같이 죽는 거야. 알아? 사창가에 몸 팔던 년이 용서받을 수 있을 것 같아?"

성정아를 보면서 박성묵은 이를 박박 갈았다.

"뭐라고? 협박하는 거야?"

"협박? 협박? 주제를 알아야지. 협박?"

박성묵은 다급해졌다. 처음에는 차민규를 협박해서 돈을 뜯어내려고 했다. 그런데 차민규가 청혼한 것은 전혀 생각하지 못한 문제였다. 그 때문에 자꾸 성정아가 그쪽으로 넘어가려는 눈치를 보이고 있었다.

"아가리 닥치고 있어. 어차피 네가 가 봐야 저 애는 너 안 받아 줘."

"지금 그 말이 나와?"

성정아와 박성묵은 육체적인 관계까지 맺은 사이였다.

사실 그리 특이할 것도 없는 일이다. 애초에 화류계에서 만난 데다가 차민규를 등치기 위해서 공범까지 되었으니까.

"웃기지 마. 저 새끼가 네년이 내 아래서 허덕거리는 거 보고도 과연 널 받아 줄까?"

"뭐라고? 너 그거 무슨 소리야?"

순간 박성묵은 아차 싶었다.

"어차피 너랑 나랑 붙어먹었단 말이다. 그걸 차민규 저 새끼가 알았을 때 너를 봐주겠느냐고!"

박성묵은 애써 말을 돌렸지만 이미 성정아는 의심하고 있는 눈치였다. 애초에 성정아는 바보가 아니다. 돈 욕심에 여기까지 떨어졌지만 원래는 한국대를 나온 재원이다.

"너 아까 그게 무슨 말이야!"

"시끄러워! 저 새끼한테 갈 생각은 꿈에도 하지 마!"

황급하게 자리를 떠나는 박성묵. 그런 그를 성정아는 의심스러운 눈빛으로 노려보았다.

⚖️

"드르렁."

박성묵은 죽은 듯이 자고 있었다. 성정아와 질펀하게 정사를 나누고는 그녀가 준 술을 마시고 완전히 뻗어 버린 것이다. 성정아가 술에다가 약을 탄 것도 모르고 쭉쭉 들이켠 것이 화근이었다.

그가 그렇게 잠든 사이, 성정아는 그의 핸드폰을 뒤지고 있었다. 그리고 자신도 모르게 아랫입술을 깨물었다.

"개자식."

핸드폰에 비밀번호가 걸려 있었지만 슬쩍슬쩍 통화할 때

마다 살펴본 덕분에 어렵지 않게 풀 수 있었다. 그런데 그 핸드폰에는 자신이 박성묵과 함께 침대에서 쾌락에 몸부림치는 동영상이 있었다.

"자기 버릇은 개 못 준다더니."

자신의 동의 없이 찍혀 있는 동영상. 그 동영상을 찍은 이유는 한 가지밖에 생각나지 않았다.

"나한테는 온갖 거짓말을 다 하더니."

사랑한다는 둥 한탕만 크게 하면 행복하게 살 수 있다는 둥 온갖 거짓말로 자신을 속여 온 그다. 사실 그게 거짓말인 걸 알면서도 크게 한탕이라는 말에 성정아는 그의 말에 적극 호응해 줬다. 그런데 정작 박성묵은 그런 성정아를 속이고 협박할 거리를 만들어 둔 것이다.

"이 개자식."

목적은 뻔했다. 일단은 자신과 함께 차민규의 재산을 빼돌리고 나서 그 후에 다시 자신을 협박해서 돈을 뜯어낼 속셈이었던 것이다.

"드르렁."

성정아는 죽은 듯이 자고 있는 박성묵을 바라보았다. 그리고 이를 악물었다.

"저 새끼만 없었으면……."

그랬다면 지금처럼 도망 다니지 않았을 것이다. 지금쯤 차민규의 아내가 되어서 떵떵거리면서 잘살고 있었을 것이다.

물론 애초에 박성묵이 아니었다면 차민규와의 접점은 전혀 없었을 것이다. 그러나 지금이 성정아는 그런 생각이 들지 않았다. 단 하나의 생각만이 그녀를 지배하고 있었다. 바로 박성묵이 자신의 인생을 망쳤다는 생각 말이다.

'그때…… 물러났으면…….'

처음에 박성묵이 자신을 협박하지 않았다면 자신의 인생은 바뀌었을 것이다. 위험하게 협박하지 않아도 되었고 또이 남자 저 남자 품에 안겨서 웃음을 팔지 않아도 되는 것이었다. 그런데 박성묵이 자신을 협박하는 것 때문에 모든 것이 망가진 것 같았다. 아니, 그렇게 생각되었다.

'너 때문이야…….'

자신도 모르게 언론에서 말하는 그 이야기에 자신도 모르게 세뇌된 것이다.

"네놈만 없으면……."

더군다나 이런 동영상까지 보고 나자 성정아는 눈이 돌아가는 느낌이었다.

"네놈만 없으면……."

그녀는 눈이 돌아가서 주변을 둘러봤다. 그 순간 그의 눈에 들어온 것은 박성묵의 허리에 걸려 있는 허리띠였다.

자신을 덮칠 때마다 자랑스럽게 풀면서 이게 얼마짜리인 줄 아느냐고 지껄이던 허리띠.

하지만 안다, 그게 사실은 짝퉁이라는 것을.

"이 개새끼."

그녀는 다짜고짜 그의 허리띠를 풀었다. 그렇다고 잠든 그에게 뭔가를 해 줄 생각이 있어서 그런 게 아니었다.

그녀는 그 허리띠를 그의 목에 걸고는 그대로 앉아서 허리띠를 있는 힘을 다해서 당기기 시작했다.

"어어? 뭐 하는……?"

잠결에 뭔가 이상하다는 사실을 알아챈 박성묵이 다급하게 일어나서 저항하려 했지만 이미 허리띠는 그의 목을 파고든 뒤였다.

"끄르르륵."

풀고 싶었지만 성정아가 그의 양어깨를 발로 미는 한편 양손으로는 그걸 강하게 당겼기 때문에 박성묵은 그걸 풀 수도, 벗어날 수도 없었다.

"끄르르륵……."

미친 듯이 목을 쥐어뜯는 박성묵.

"죽어! 죽어!"

성정아는 그런 그에게 미친 듯이 소리를 지르면서 더욱 손에 힘을 줬다.

"끄르륵……."

결국 박성묵은 힘겹게 부르르 떨더니 그대로 축 늘어져 버렸다.

"헉헉헉……."

성정아는 그렇게 그가 축 늘어진 후에도 한참을 잡아당겼다. 그리고 그가 완전히 움직임을 멈추고 난 후에야 그런 그를 바라보았다.

"주…… 죽은 거야?"

성정아는 그제야 퍼뜩 정신이 들었다. 자신이 사람을 죽였다는 것에 그녀는 부르르 떨었다. 순간 화가 나서 욱하기는 했지만 사람을 죽이다니…….

"내…… 내가…… 사람을 죽이다니……. 내가…… 내가……."

그녀는 그렇게 한참을 자기 손을 물끄러미 바라보았다.

하지만 곧 그녀의 얼굴은 환희로 가득 찼다. 이제 자신의 비밀을 아는 사람은 없다. 그리고 자신을 기다리는 돈 많은 사람이 한 명 있다.

"난…… 부자야……! 부자! 부자라고! 난 부자가 될 거야!"

그녀의 얼굴이 광기로 물들기 시작했다.

⚖️

"성정아가 나타났대요!"

문이 벌컥 열리면서 들어오는 유소미.

그녀는 황급하게 들어오자마자 텔레비전 채널을 돌렸다. 그리고 흘러나오는 뉴스.

—이번 사건의 고소인인 성 모 씨는 아까 전 소 취하장을 접수한 것으로 드러났습니다. 아직 그 이유는 밝혀지지 않았지만 경찰은 강간이 친고죄인 만큼 당사자인 성 모 씨가 취하한 이상 더 이상 수사는 없다는 의견을……

　그 말을 들은 성차길은 얼굴이 환해졌다.

　"드디어!"

　얼마 전 쇼를 잘해서 그런 것인지, 아니면 언론이 좋게 봐 줘서 그런 건지 알 수는 없지만 사람들의 분위기는 무척이나 우호적으로 변한 상태였다. 당장 전처럼 때려죽여야 한다는 사람은 거의 없고 사정을 알아봐야 한다는 말이 주를 이루고 있었다.

　"드디어 취하했군요."

　물론 합의를 해서 취하할 수도 있다. 하지만 이미 분위기가 이쪽으로 넘어온 상황에서 취하까지 해 줬다면 이쪽에 유리할 수밖에 없었다.

　"취하를 했다고요?"

　그런데 노형진은 그 말을 듣고 얼굴이 어두워졌다.

　"아니, 왜 그러십니까? 드디어 취하되었는데요? 이번 사건으로 도리어 민규의 이미지가 좋아져서 드라마나 광고도 많이 들어오고 있고요."

　성차길은 고개를 갸웃했다.

확실히 지금 시대에 볼 수 없는 순애보적인 사랑에 대한 수요는 적지 않다. 기존에 차민규가 강인한 남자의 모습을 보여 줬다면 지금은 우직하면서도 한 사람만 바라보는 순애보적인 모습으로 인해서 여자들에게 상당히 큰 인기를 끌고 있었다.

"글쎄요…….."

노형진은 취하를 했다는 말에 결코 분위기가 좋지 않았다.

"일단은…… 그건 축하를 할 일이지만 성정아가 취하를 했다는 게 마냥 좋다고 볼 수는 없네요."

"어째서요?"

"박성묵이 그냥 두고 볼 리 없지 않습니까?"

"네?"

"일사부재리의 원칙이라는 게 있습니다."

무슨 소리냐면 고소를 했다가 취하를 한 사건에 대해서는 다시 고소하는 것은 불가능하다는 것이다. 민사적 책임을 물을 수는 있겠지만 형사적인 책임을 묻는 것은 불가능하게 된다.

"그걸 성정아가 모를 리 없지요. 그래도 한국대를 나온 데다가 법학과 출신입니다. 이런 기본적인 것을 모를 리 없지요."

"그런데요?"

"그런데 왜 그걸 알면서 박성묵이 그냥 방치했을까요?"

"네?"

"그의 입장에서는 이걸 취하하면 자신에게 좋을 게 없습니다. 당연히 그냥 둘 리 없지요."

"음……."

박성묵의 이야기가 나오자 성차길은 잠시 고민하기 시작했다.

확실히 자신이 아는 박성묵은 성정아를 위해서 놔준다는 식의 말을 할 인간은 아니다. 오로지 자신의 탐욕을 위해서 움직이는 인간이니까.

"일종의 거래가 있었던 거 아닐까요? 나중에 결혼하고 돈을 좀 준다거나……."

"사기꾼들이 그렇게 허술하게 넘어갈 리 없지요."

설사 준다고 해도 자신이 받는 금액은 확실하게 줄어들게 된다. 아니, 만일 취하를 하고 난 후에 성정아가 협박 때문에 했다고 증언해 버리면 돈을 받기는커녕 자신은 협박으로 형사처벌을 받게 된다. 당연히 돈도 한 푼도 못 받는다.

"더군다나 이쪽이랑 아무런 이야기도 없었습니다. 만일 박성묵이라면 이런 경우에는 우리 쪽과 이야기해서 어떻게 해서든 몇 푼이라도 건져 내려고 했을 겁니다."

"그럼?"

"그가 그렇게 할 수 있는 상태가 아니라는 거지요."

"그게 무슨 말씀이십니까?"

노형진은 조용히 침묵을 지켰다.

이런 경우 성정아가 할 수 있는 카드는 그다지 많지 않다.

일단 박성묵이 자신과 동업했다는 증거를 가지고 있을 테니 그 증거 역시 가지고 있을 것이다. 그렇게 되면 자신은 협박 당해서 할 수밖에 없었다는 그림에 치명적인 문제가 생긴다. 이번 사건에서 계획을 구체적으로 짠 것은 바로 자신이 아니던가?

"아무래도 직접 만나 봐야겠군요."

"만나 봐요?"

"네. 차민규 씨와 만나게 할 수는 없지요. 우리가 일전에 언론을 상대로 그렇게 한 건 언론의 분위기를 바꾸기 위한 목적에서였지, 진짜로 차민규 씨가 가진 감정 때문이 아니었습니다. 설마 자신을 배신한 사람을 다시 받아들이실 생각인 겁니까?"

노형진의 말에 차민규는 아무런 말도 하지 못하고 고개를 푹 숙였다.

'멍청하기는.'

노형진은 그걸 보고 아직도 차민규가 흔들리고 있다는 사실을 알아차렸다.

"정신 차리세요. 저 여자는 꽃뱀입니다. 당신을 뜯어먹기 위해서 움직이는 사람이에요. 분명 당신 가족도 뜯어먹을 겁니다."

"제대로 통제하면……."

"아직도 정신 못 차렸습니까? 세상에 사람을 고칠 수 있다고 생각하세요? 사람은 바뀌지 않습니다. 백 명 중 한 명이나 바뀔까 말까예요. 그 낮은 확률에 자기 인생을 걸어 한번 망쳐 보고 싶어요?"

이번에는 노형진 덕분에 해결되었다고 하지만 그런 여자를 만나서 좋을 건 하나도 없다. 남자가 그런 나쁜 여자에게 빠지든 여자가 나쁜 남자에게 빠지든, 나쁜 데에는 다 이유가 있는 것이다. 게다가 그 '나쁜'이라는 단어가 붙은 사람과의 관계가 좋게 끝날 가능성은 무척이나 희박하다.

"애정 결핍이 심하면 심리 치료를 받든가 제대로 된 사람을 만나든가 하세요. 나쁜 여자한테 끌리지 말고요."

차민규는 고개를 푹 숙였다.

"그러면 이제 어쩌지요? 일단은 소가 취하되었으니 끝인가요?"

"아니요. 성정아가 소를 취소한 것은 차민규 씨 앞에 나타나기 위해서 그런 겁니다. 그런 만큼 그 여자를 합법적으로 떼어 낼 방법을 찾아야지요."

"음……."

"지금은 우리에게 기회이기도 하지만 반대로 약점이기도 합니다. 우리가 순애보를 연기했지만 반대로 그녀를 진짜로 받아 줄 수는 없지요. 진짜로 받아 주면 그 끝이 좋지는 않을 테니까요."

성차길은 고개를 끄덕거렸다. 확실히 맞는 말이다.

"그러니까 합법적으로…… 아니 뭐 이건 법적인 문제는 아니군요. 하여간 주변에 구설수에 오르지 않으면서 찾을 만한 방법을 찾아야 합니다."

"그러니까 어떻게요?"

"아마도…… 그 카드는 박성묵이 쥐고 있을 겁니다."

"네? 하지만 어디 있는지 모르는데요?"

"그러니까 찾아야지요."

노형진은 성정아 같은 여자가 자신의 의뢰인의 주변에 알짱거리는 것을 그냥 두고 볼 생각이 전혀 없었다.

"그러면 일단은 성정아를 만나 보는 것이 좋겠군요."

노형진의 말에 다들 고개를 끄덕거렸다.

⚖

"민규 씨는 어디 있지요?"

"일단은 심리적인 안정을 되찾고 있습니다."

"아니, 내가 왔다는데 그게 무슨 상관이야! 심리적 안정은 내가 있어야 되는 거 아냐? 너희들이 뭔데! 뭔데 우리가 만나는 걸 방해하는 건데!"

따지고 드는 성정아를 보면서 노형진은 어이가 없었다.

'뭐, 이런 여자가 다 있어?'

누구든 그녀가 한 짓을 생각하면 당연히 상처를 받는 게 정상이다. 일반적인 여자라면 미안해서라도 눈앞에 안 나타나거나 상대방이 어떤지 걱정하는 게 우선이다. 하지만 성정아는 오로지 자신만의 욕심을 부리고 있었다.

"일단은 우리 쪽에서 알아서 할 테니까 잠시 기다려 주시지요. 그나저나 이번 사건에 대해서 저희도 정확하게 알아야만……."

"알기는 뭘 알아! 너희들도 알잖아! 협박당해서 한 것뿐이라고! 알면서 왜 그래? 너희들이 그렇게 발표했잖아!"

"그건 저희가 추정한 사항이고 진짜는 뭔지 알아야 합니다."

"진짜도 마찬가지야. 그 녀석이 협박했고 난 그 녀석의 협박에 어쩔 수 없이 동조한 것뿐이라고!"

"그러면 박성묵 씨는 어디에 갔습니까?"

"민규 씨가 나와서 비밀을 안다고 하니까 협박이 안 먹힌다고 생각하고 그냥 도망갔어."

'그럴 리 없는데.'

박성묵은 차민규가 속해 있는 고수엔터테인먼트 사장의 조카다. 그런 그가 협박할 정도면 아주 막장의 상황이라는 뜻이다. 즉, 여기서 물러나면 재기할 수는 없다.

'그런데 그걸 보고 포기하고 물러났다고? 말도 안 되는 소리.'

도리어 더 악착같이 버텨야 한다. 더 이상 물러날 곳도 없다. 어차피 집안에서도 쫓겨났고 이제 경찰의 수사망까지 좁혀 오는데 그가 무서운 게 뭐가 있겠는가?

"도대체 왜요?"

"나야 모르지! 죄를 가볍게 하고 싶었나 보지."

성정아는 모르는 척 딱 잡아뗐다. 하지만 노형진은 그게 더 의심스러웠다. 죄를 가볍게 하고 싶다면 성정아가 소송을 취하할 때 함께 와서 자수해야 정상이다. 그런데 그런 것도 없이 몸을 숨긴다?

'일반적인 경우는 아니지.'

노형진은 성정아의 눈을 뚫어지게 바라보았다. 그러자 성정아 역시 마치 지지 않으려는 듯 뚫어지게 바라볼 뿐이었다.

'역시 뭔가 있어.'

사람들이 잘못 아는 것 중 하나가 사람이 잘못한 게 있으면 시선을 피한다는 것이다. 시선을 피하는 것은 본능에서 우러난 행동이기 때문이다. 하지만 그 속설 때문에 도리어 자신이 당당하다고 생각하려고 하는 사람은 시선을 피하지 않는다.

그리고 성정아는 노형진의 시선을 필요 이상으로 피하지 않고 노려보고 있었다.

"성정아 씨."

"아, 왜!"

노형진은 번개같이 그녀의 손을 잡아챘다. 성정아가 정신을 정리할 틈을 주지 않기 위해서였다. 그리고 바로 질문을 던졌다.

"박성묵, 어디에 있습니까?"

"난 모른다니까!"

노형진의 질문에 엄청나게 빠르게 대답하는 그녀.

이미 연습된 대답이라는 뜻이다.

하지만 그 짧은 순간 노형진의 머릿속을 스치고 지나가는 기억.

"당신……!"

"뭐야! 뭐가 불만인데? 민규 씨는 어디 있는데? 당신은 민규 씨가 고용한 사람 아냐? 그러면 당연히 민규 씨 의사대로 해야지, 왜 당신 의사대로 하려고 하는데? 지금 민규 씨가 날 찾는 거 알면서 왜 날 못 만나게 하는 건데!"

노형진이 뭘 알아냈는지 모르는 성정아는 적반하장으로 그를 공격했다.

"당신 같은 사람이 차민규 씨 옆에 있는 걸 그냥 둘 수가 없어서요."

"뭐야! 어디 의뢰인의 아내가 될 사람한테!"

"일단 당신은 제 의뢰인이 아닙니다. 그리고 의뢰인의 아내가 될 사람도 아니죠. 제가 막을 테니까요."

"뭐라고? 이 새끼가!"

노형진은 자리에서 일어났다.

더 이상 말할 이유가 없었다. 이 여자는 자신이 생각하는 것보다 훨씬 위험한 여자였으니 말이다.

"뭐라고요?"

차민규와 성차길은 노형진이 한 말에 귀를 의심했다.

"죽였을 가능성이 높다고요?"

"네."

노형진은 아주 짧은 순간 그의 성정아의 기억을 읽었다. 너무 찰나의 순간이라 제대로 된 기억을 읽을 수는 없었지만 한 가지는 읽을 수 있었다. 성정아가 가진 박성묵에 대한 증오심, 분노 그리고 살의.

'그 상황으로 봐서는 죽었겠지.'

노형진이 본 것은 허리띠로 박성묵의 목을 조르고 있는 순간의 기억이었다. 하지만 그것만으로도 성정아가 무슨 짓을 했는지 알아내는 것은 어렵지 않았다.

"그렇지 않다면 이렇게 완벽하게 숨을 수가 없습니다. 더군다나 성정아는 차민규 씨에게 돌아오려고 하는 상황이었습니다. 그 상황에서 가장 완벽하게 돌아오는 방법이 뭐가 있겠습니까?"

"음……."

그건 다름 아닌 박성묵이 이 세계에서 사라지는 것.

그만 사라지면 모든 것이 누구도 알지 못하는 과거 속으로 사라지는 셈이다.

"그렇다고 그렇게까지……."

"하고도 남습니다."

노형진은 차마 그녀가 이미 했다는 말을 할 수가 없었다. 차민규의 얼굴이 절망스러울 정도로 하얗게 질려 있었기 때문이다.

'에효……'

연기가 아니라 진짜로 그 여자를 좋아하고 아직도 못 잊어 버리고 있던 게 확실했다.

'멍청하기는……'

노형진은 회귀 전 배신 때문인지 여자에 대한 관심이 그다지 생기지는 않았다. 물론 이해가 안 가는 것은 아니다. 하지만 다른 사람도 아니고 나쁜 여자라니.

'그러고 보니 누가 그러던데 나쁜 사람을 찾는 사람은 계속 나쁜 사람만 찾는다고.'

나쁜 남자를 만나던 여자는 나쁜 남자만 만나고, 나쁜 여자를 만나던 남자는 나쁜 여자만 만난다. 일반적인 사람은 평범해서 재미없다고 말이다.

'그래 놓고 나중에 후회한다니까. 저것도 정신병이야.'

노형진은 머리를 절레절레 흔들었다.

"그러면 어쩌죠? 그냥 둘 수는 없지 않습니까?"

아무리 사랑한다고 해도 살인범을 옆에 둘 수는 없다. 하물며 사람을 죽이는 것은 처음이 어렵지, 두 번째는 쉽다. 더군다나 만일 결혼한 상황에서 차민규가 죽으면 그의 재산은 모조리 성정아의 재산이 된다. 그런 위험한 사람을 그냥 둘 수는 없다.

"일단은 그 장소를 찾아봐야지요."

"장소?"

"네."

"어떻게요?"

"글쎄요……."

노형진은 얼굴이 찡그러졌다. 접촉한 시간이 너무 짧아서 어디에 시체가 있는지 확인하지 못했던 것이다. 자신이 파고드는 듯하자 바로 뿌리를 치면서 자신을 밀어냈기 때문이다.

'젠장, 바로 알아냈으면 시체를 찾을 수 있었는데.'

문제는 그 시체가 어디 있는지 알 수가 없다는 것. 자신이 본 것은 그들이 숨어 있던 것으로 보이는 방의 내부뿐이었다. 그곳이 어디인지 알 수 있는 방법이 없었다.

"그냥 신고하면 안 됩니까?"

"최악입니다. 얼마 전까지만 해도 돌아와 달라고 하던 여자를 증거도 없이 의심만으로 살인으로 신고한다? 그러면 바로 나락으로 떨어질 겁니다."

"크으……."

성차길은 머리를 부여잡았다. 한 가지 문제가 해결되니 또다른 문제가 생긴 것이다.

"그냥 헤어졌다고 하면…….."

"물론 그게 제일 깔끔합니다만 그건 성정아가 놔줄 때의 이야기입니다. 차민규 씨가 하면 고소를 면하려고 그랬다는 소리가 나올 겁니다."

성정아가 자신의 부족함 때문에 헤어졌다고 하면 차민규가 차인 것이 되니 그의 이미지에는 타격이 별로 없을 것이다. 하지만 반대의 경우가 되면 이미지 추락을 피할 수 없게 된다.

"문제는 성정아가 과연 그럴 것 같습니까?"

"……."

돈 때문에 사기를 치고 살인까지 했던 여자다. 그런 여자가 과연 차민규를 위해서 스스로 물러날까?

그럴 리 없다.

"결과적으로 성정아가 떨어지게 하기 위해서는 누가 봐도 차민규 씨가 포기할 수밖에 없는 상황이 되어야 합니다."

"하지만 어떻게요?"

당장 성정아가 포기할 리 없는 상황인데 말이다.

"한번…… 성정아를 자극해 보는 게 어떨까 생각합니다."

"성정아를요?"

"네."

"무슨 말씀이신지?"

"제 추측이 맞다면 성정아는 박성묵을 죽였을 겁니다. 그리고 그 시체를 어디론가 감췄겠지요."

"그렇겠지요."

"그 점을 이용해 조금 겁을 줘 볼까 생각 중입니다."

"겁을?"

"네. 이런 말이 있지요, 도둑이 제 발 저린다는 말."

그리고 노형진은 성정아에게 제 발이 저리도록 할 생각이었다.

성정아는 불안했다. 차민규를 만나기 위해서 살인까지 하고 나왔는데 정작 차민규는 만나지 못하고 계속 이상한 변호사에게서만 연락이 왔기 때문이다.

"이 개새끼들…… 내가 누군 줄 알고."

성정아는 차민규가 자신을 언젠가 부를 거라 철석같이 믿고 있었다. 방송까지 나와서 무릎을 꿇고 자신을 건들지 말라고 기자들에게 읍소하는 그런 사람이 자신을 배신할 거라고는 생각할 수 없었다.

"이럴 수는 없는데……."

그녀는 이를 딱딱거리면서 안절부절못했다. 일이 잘못되어 가는 느낌이었다. 더군다나 이미 소송까지 취하한 상황에서 자신이 가진 카드는 없었다.

"그래, 한번 버려 봐. 다 까발릴 거야."

점점 연락이 안 되자 성정아는 점점 독한 마음을 먹고 있었다. 만일 일이 잘못되면 그렇게 방송에서 울고불고 했던 모습이 모두 가짜이며 소송을 취하하기 위해서 한 거라고 인터뷰도 할 생각이었다.

'당장 연락이 안 오면…….'

그녀는 모텔 방 바깥으로 고개를 돌렸다가 흠칫했다. 거기에는 한 대의 차가 서 있었는데 거기에는 건장한 체구의 남자 두 명이 앉아 있었기 때문이다.

'뭐지?'

그녀는 그들이 누군지 몰랐다.

'설마 날 처리하려고? 그럴 리 없어.'

그럴 리 없다. 전 언론이 차민규의 순애보에 관해서 시선이 쏠려 있는데 자신이 갑자기 죽어 버리면 차민규에게는 부담스러울 수밖에 없다.

'그럼 누구야?'

성정아는 갑자기 불안한 기분이 들었다. 그녀는 황급하게 모텔의 커튼을 치고는 작은 틈으로 그 차를 뚫어지게 바라보았다.

'뭔가 있어…….'

그렇게 한참이 지나자 한 대의 오토바이가 다가오더니 그들에게 뭔가를 건넸다. 그런데 그 오토바이에 쓰인 이름은 다름 아닌 중국집이었다.

'중국집?'

성정아는 뭔가 이상하다는 것을 느꼈다.

중국집은 보통 주소가 확실하지 않으면 배달하지 않는다.
물론 대학이나 해변가같이 주소가 확실하지 않아도 가끔 시
키는 곳이 있다면 모르겠지만 이곳은 그런 곳도 아니다. 그
런데 짜장면이라니? 그것도 두 그릇을 배달하다니?

불안감을 느낀 그녀는 황급하게 그 이름이 쓰인 전화번호를
찾아서 바로 음식을 배달했다. 그리고 얼마 뒤 모텔의 문을 열
고 들어온 배달부를 본 그녀는 다급하게 그에게 다가갔다.

"혹시 이 앞의 자동차에 배달하셨어요?"

"네?"

"이 앞 자동차요."

"아, 네. 그랬죠. 왜요?"

"그 사람들이 누구래요?"

"경찰이라던데요? 잠복을 한다나 뭐라나? 뭐, 가끔 있는
일이라서요."

그는 무심하게 대답하면서 자장면을 내려놓고 횡하니 떠
나 버렸다. 그 말을 들은 성정아는 심장이 미친 듯이 뛰기 시
작했다.

"확실해……."

성정아는 경찰이 자신을 감시하고 있다는 사실을 알아차
렸다. 자신이 어디론가 갈 때면 저 자동차도 함께 움직였기
때문이다.

'어째서……?'

차민규가 고소한 것으로 보기에는 이상했다. 당장 협박으로 고소했으면 자신을 벌써 잡아갔지, 구경만 할 리 없었기 때문이다.

"그럼……."

그런 가능성을 제외하고 나면 남는 것은 단 하나뿐이다. 그리고 그 가능성을 생각할 때마다 성정아는 미친 듯이 심장이 뛰었다.

'분명히 그거야…….'

실종된 것을 추정되는 한 남자. 그 남자에 관련된 사건이 아니고서야 경찰이 자신을 감시할 이유가 없다.

더군다나 원래 자신과 관련된 인간인 건 저들도 다 알고 있는 사실이다. 그런데 그런 그가 실종되었으니 자신이 감시 대상이 되어 버린 것이다.

'이런…….'

그녀는 당황하기 시작했다.

⚖️

"이 시간에 나가네요?"

유소미는 황급하게 나오는 성정아를 보면서 혀를 내둘렀다.

"아마도 지금이 아니면 기회가 없다고 생각하겠지요."

노형진은 며칠간 회사의 정보 팀의 직원을 마치 경찰인 것처럼 입구에서 배치시켜서 감시하는 것처럼 꾸몄다.

아니나 다를까, 그걸 알아챈 성정아는 불안감을 느끼는 듯했다. 심지어 그날부터 얼마나 신경을 쓴 건지 매일같이 차민규에게 전화를 걸던 것도 그만둘 정도였다.

"그런 상황에서 경찰이라고 추정되던 사람들이 자리를 이탈했으니 기회라고 생각했겠지요."

노형진은 마치 가벼운 접촉 사고가 난 것처럼 꾸몄다. 당연히 양측 차 모두 견인차에 실려서 가야만 했고 경찰 역시 어쩔 수 없이 그곳을 떠나야만 했다. 그러자 그걸 기회라고 생각한 성정아는 황급하게 그곳을 떠났다.

"어디로 갈까요?"

"아마도 시체를 처리하러 갈 겁니다."

"시체를요?"

"네, 그녀가 머리는 좋을지 모르지만 시체 처리 전문가는 아닐 테니까요."

전문적으로 훈련받았거나 경험이 있다면 모를까, 그녀는 그런 경험이 없다. 당연히 그 시체를 어딘가에 감춰 두는 선에서 처리했을 것이다.

"하지만 경찰이 추적하는 것을 안 이상 그걸 그냥 두고 싶지는 않을 겁니다."

만일 자신들이 숨어 있던 곳을 찾는다면 당연히 시체를 찾을 테니 그 후에 어떤 일이 벌어질지는 뻔하다.

"그걸 감추고 싶겠지요."

"아니, 어떻게 그걸 알았어요?"

"범인은 현장에 다시 나타난다. 그건 그냥 웃자고 하는 말이 아닙니다."

범죄자는 그곳에 혹시 남았을 자신의 흔적을 두려워한다. 그래서 그걸 없애려고 몇 번이나 확인하려고 한다. 그리고 그러한 행동은 경험이 적은 범죄자일수록 두드러지는 경향이 있다.

"성정아는 공부를 잘할 정도로 머리가 잘 돌아가는 지능형 범죄자이기는 하지만 살인이나 강도 같은걸 직접 저지르는 육체형 범죄자는 아닙니다. 당연히 자신의 실수를 두려워하지요. 그러니 그 부분을 조금만 자극하면 그 자리로 돌아가게 하는 건 어려운 일은 아니죠."

노형진은 천천히 성정아가 움직이는 방향으로 따라가면서 말했다.

"그리고 피날레는 그곳에서 벌어질 겁니다."

그런 노형진의 차 뒤로 몇 대의 차량들이 따라붙기 시작했다.

⚖

"헉헉……."

성정아는 자신의 차에서 연장을 꺼내서 땅을 파기 시작했다.

사람들은 시체를 땅속에 묻는 것을 쉽게 생각하는데, 실제로 그러기 위해서는 일단 1미터 이상을 파야 한다. 그러지 않으면 시체의 냄새를 맡고 땅을 파헤친 산짐승들이나 산사태로 인해 시체가 드러나기 때문이다.

"젠장!"

이제 막 썩어 문드러지는 시체를 꺼내면서 성정아는 얼굴을 찡그렸다.

"이 망할 놈 때문에."

구역질 나는 얼굴을 본 성정아는 한층 더 얼굴을 찡그리더니 시체가 묻혀 있던 곳을 더 깊숙이 파기 시작했다. 이제 와서 시체를 옮기는 것은 불가능하니 가능한 한 깊숙이 파묻을 생각이었기 때문이다.

"네놈만 아니었으면…….."

박성묵만 아니었으면 지금쯤 자신은 고급 아파트에서 사람들의 부러움을 받으면서 살고 있었을지도 모른다. 하지만 박성묵 때문에 그렇지 못했다는 사실에 그녀는 어쩐지 더 열받았다.

"이 망할 놈!"

결국 그녀는 분노를 참지 못하고 삽질을 하던 삽을 높이 쳐들었다. 자신도 모르게 그의 시체라도 토막 내고 싶어졌던 것이다. 하지만 그다음 말 때문에 그대로 행동을 멈출 수밖에 없었다.

"시체 훼손까지 뒤집어쓰고 싶다면 그렇게 하세요. 그럼 형량이 더 늘어날 겁니다."

뒤에서 들리는 목소리에 그녀의 몸은 무척이나 딱딱하게 굳어 버렸다. 그녀는 마치 기계가 돌아가는 것처럼 천천히 고개를 돌렸다.

"네…… 네놈은……."

"여기까지 우리를 안내하느라고 고생이 많으셨네요."

자신의 뒤에 높은 곳에서 내려다보면서 빙긋 웃고 있는 노형진. 그리고 그 옆에서 얼굴을 찡그린 채 카메라로 자신의 행동을 모두 찍고 있는 한 여자.

"으우."

"시체 처음 봅니까, 유소미 양?"

"그…… 그렇지요?"

그러면서도 그녀의 카메라는 흔들림이 없었다.

"포기하세요."

노형진은 딱딱하게 굳어 있는 성정아를 보면서 단호하게 말을 잘랐다.

"너…… 너희들이 어떻게……?"

"당신을 따라왔지요. 당신이 시체를 처리할 거라는 걸 알고 있었거든요."

"알고 있었다고?"

"네, 도둑이 제 발 저린 거죠."

"그게 무슨 소리야?"

"애초에 경찰은 이번 사건을 몰랐습니다."

"뭐라고."

억울함이 치밀어 오르는 성정아. 하지만 그다음 말에 억울함보다는 절망감이 강해졌다.

"아까까지는 말이죠. 설마 우리가 당신이 시체 꺼내는 걸 그냥 구경만 한 이유가 심심해서라고 생각하십니까?"

노형진의 뒤에서 모습을 드러내는 남자들.

그들은 권총을 들고 있었는데, 그 권총의 조준 대상은 다름 아닌 자신이었다.

"손들어."

"겨…… 경찰……."

"네, 경찰입니다."

노형진은 이곳에 도착하자마자 그녀가 시체를 꺼내는 것을 확인하고 바로 경찰을 불렀다. 그것도 모르고 그녀는 그 시체를 다시 깊숙하게 파묻기 위해서 열심히 삽질을 하고 있었던 것이다.

"그리고 당신을 만나 보고 싶어 하는 사람도 있고요."

그 말을 하면서 노형진은 한쪽으로 고개가 돌아갔다. 그러자 성정아 역시 그 시선을 따라서 움직였다.

"오…… 오빠……!"

성정아의 입에서 나온 오빠라는 말. 하지만 그건 친오빠가 아니었다. 그 오빠는 다름 아닌 차민규였다.

"오……빠…… 이…… 이건…… 이건 오해야……. 이건 오해라고……. 내 말 좀 들어 봐, 오빠……. 이건……."

성정아는 절망적으로 차민규에게 손을 내밀었다. 하지만 차민규는 자신도 모르게 주춤주춤 뒤로 물러나고 있었다.

"으으으……."

그는 죽은 사람을 보는 게 처음이었다. 더군다나 이제 막 썩어 가는 사람을 보는 것은 낯선 경험이다. 그런 시체를 삽으로 내려치려고 하는 여자를 보면서 무슨 생각이 들겠는가?

"오빠…… 이건 오해야……. 오빠…… 이건 협박받아서 그런 거야. 알지? 알잖아. 내가 그런 게 아니야……. 오빠, 오빠, 나 사랑한다면서? 그렇지? 사랑하는 거 맞지?"

성정아는 차민규에게 다가오려고 했다. 하지만 더 이상 다가올 수가 없었다.

경찰의 권총은 더 이상의 접근을 용납하지 않았던 것이다.

"그 삽 내려놔."

"이럴 수가……."

그 모습을 본 차민규는 더욱 크게 뒤로 물러섰다.

"오빠! 나 사랑한다며! 놔! 놔, 이것들아! 오빠! 잠깐만 내 말을 들어 봐! 오빠!"

발악적으로 소리를 지르는 성정아. 그리고 도망치듯 산 아래로 내달리는 차민규를 보면서 노형진은 한숨만 나왔다.

그때 함께 그 광경을 지켜보던 유소미가 입을 열었다

"노 변호사님."

"네?"

"너무 악취미 아니에요?"

"네?"

"아니, 꼭 차민규 씨를 데리고 왔어야 했어요?"

유소미는 마치 안타깝다는 듯 차민규가 도망간 방향을 바라보면서 혀를 끌끌 찼다.

"악취미 아닙니다. 이게 다 의뢰인을 위한 행동입니다."

"네?"

"전에도 말했지요, 나쁜 여자를 만나는 사람은 계속 나쁜 여자만 만난다고. 그거 정신병입니다. 그리고 그걸 고치기 위해서는 좀 강력한 쇼크 요법을 써야 하는 경우도 있지요."

"그거도 그렇지만……."

유소미는 안쓰럽다는 듯 차민규가 도망간 방향을 바라볼 뿐이었다.

"변호사님."

"엥?"

노형진은 출근하다 말고 자신을 붙잡는 사람을 보고 깜짝 놀랐다.

"아니, 성차길 부장님, 이 시간에는 어쩐 일이세요?"

"도움이 좀 필요합니다."

"도움?"

노형진은 설마 지난번 같은 일이 또 벌어졌나 싶었다. 하지만 그럴 것 같지는 않았다.

'그럴 리 없는데?'

차민규는 지난번 사건 이후에 인기가 제법 많아졌다. 믿고 기다려 줬는데 알고 보니 사랑했던 사람이 살인범이라는 비련의 이미지가 생기면서 여자들의 동정표가 몰린 것이다. 하지만 그 사건이 좀 충격적이었는지 요즘은 여자를 만날 때 극도로 조심하고 있다고 했다.

"무슨 일 때문에 그러십니까?"

"유소미 양 좀 설득해 주십시오!"

"소미 양을?"

"제가 그때는 눈이 멀었습니다. 유소미 양은 우리 회사에 꼭 필요한 사람입니다! 제발 보내 주십시오!"

"아니…… 제가 무슨 힘이 있다고……."

노형진은 난감한 표정으로 그를 바라보았다.

"한 번만 봐주십시오! 한 번만!"

"아니, 전 아무런 힘도 없다니까요."

"제발 한 번만 설득해 주시면……."

"저 말고 소미 씨한테 말하세요."

"하기 싫답니다. 저희가 오디션에 떨어트린 것은 실수입니다. 그러니까 한 번만……."

노형진에게 매달리는 성차길. 그때였다.

"여, 노 변호사, 오늘은 뭐 하는……."

저편에서 서승진 변호사가 다가오며 알은척을 했다. 그러나 성차길을 발견하고는 모른 척 몸을 빙 돌려서 멀어지기 시작했다.

"한 번만 기회를 주십시오!"

"아니, 왜 나한테만 그래요!"

노형진은 반갑지 않은 데자뷔에 울고 싶어지는 기분이었다.

부전자전

　나비효과라는 것은 때로는 생각지도 못한 쪽으로 영향을
주기 마련이다.

　원래는 망했어야 하는 대룡. 그리고 그런 대룡을 집어삼켰
을 성화. 이 둘의 관계는 회귀한 노형진으로 인해 장기전에
돌입하면서 생각지도 못한 나비효과를 불러왔다.

　"김일성이 전면에 나섰네."

　김일성 회장. 성화의 패왕이라 불리며, 돈만 된다면 무엇이
든 하는 피도 눈물도 없는 사람이라고 했다. 성화를 엄청난
로비와 범죄까지 동원해 가면서 엄청난 규모로 키운 장본인.

　"자신이 없나 봅니다?"

　유민택은 한숨을 쉬었다.

"사업을 하려면 자기 능력에 대해서 잘 아는 것이 필요하지. 솔직히 말해서 난 그 녀석한테 안 돼."

물론 그도 대룡을 이 자리에 키운 장본인이기는 하다. 하지만 자신의 뒤에는 대대로 잘살았던 가문의 힘이 있었다.

"하지만 김일성은 아니야. 성화가 3대 기업, 3대 기업 하지만 사실 1대 기업이자 창업주가 세운 성화는 코딱지만 한 고물상이었네. 그걸 지금의 성화로 키운 게 김일성이야."

자신은 김일성처럼 범죄까지 동원해 가면서 기업을 키울 자신도, 능력도 없었다.

"그런 녀석이 전면에 나서다니 좀 곤란하기는 하네."

"그래서 절 부른 겁니까?"

"그래, 그 녀석이 새로운 사업을 시작했는데…… 도무지 이유를 모르겠어."

"어떤 겁니까?"

"택시."

"택시? 운수업요?"

"그래."

노형진은 고개를 갸웃했다.

'택시? 운수업이라니? 아니, 어째서?'

물론 택시 쪽이 상당한 돈이 되기는 한다. 하지만 성화가 노릴 만큼 큰 시장은 아니다. 더군다나 기존에 있던 업체들의 저항 역시 만만치 않을 텐데 말이다.

"왜 그럴까?"

"흠……."

노형진은 머릿속에 남아 있는 택시와 관련된 사건들을 아무리 더듬어 봐도 크게 돈이 되는 게 없었다.

"이유를 모르겠군요."

"그렇지?"

"네."

"하지만 말이야, 다른 사람도 아니고 김일성일세. 그 녀석이 이유도 없이 운수업에 뛰어들 리 없어."

"그렇게 심각하게 받아들일 정도 입니까?"

"이런 말 하기는 그러네만, 바둑으로 치면 그 녀석은 세수 이상은 생각하고 두는 놈이야. 절대로 심심하고 돈이 될 것 같아서 하는 놈이 아니란 말일세. 위법을 저지르는 한이 있어도 돈을 벌려고 하는 녀석이 그 녀석만 있는 줄 아나?"

"그럴 리 없지요."

위법을 해서라도 돈을 벌려고 하는 사람은 많다. 하지만 그럼에도 불구하고 성공하는 사람에게는 그들과 다른 뭔가가 있다.

'그러고 보니 밤의 제왕이 생각나네.'

노형진이 회귀 전 잠깐 알았던 사람. 그가 소유한 서울 한복판 강남의 건물이 여섯 채에, 룸살롱이 서른 개가 넘었다. 그런데 그는 나이트 삐끼로 시작해서 그 자리에까지 오른, 그 바닥에서는 전설로 통하는 인물이었다.

'그 인간이 하던 말이 있지.'

다른 사람들이 경찰과 싸울 때 그는 경영학을 공부했다. 보통 화류계에는 학력이 낮은 사람들이 들어온다. 배운 사람들이 들어가는 곳이 아니니까. 그런데도 그는 고학력임에도 그곳에 들어가서 그런 성공을 일군 것이다.

'확실히 뭔가 있어.'

그런 타입의 사람이 상대라면 그의 행동 하나하나에 이유가 있다는 소리였다.

"우리로서는 왜 그런지 전혀 이해하지 못하겠어."

"단순히 운수업 쪽의 경제권을 가지고 싶은 건 아닐까요?"

"그럴 리가. 아무리 성화라고 해도 운수업을 그냥 집어삼키는 건 쉬운 일이 아닐 텐데?"

대부분의 운수 업종은 정치인들과 결탁되어 있다. 그것도 아주 강하게 말이다. 그 증거가 바로 사납금이다.

사납금이란 택시를 운영하는 사람이 그 택시를 사용하는 조건으로 택시 회사에서 어느 정도 주는 돈이다.

'그건 명백하게 불법이지.'

그럼에도 불구하고 정부에서는 단 한 번도 사납금에 대해서 단속한 적이 없다. 단속 의지 자체가 없다. 그쪽에서 들어오는 뇌물이 어마어마하기 때문이다.

일반적으로 서울에서 사납금은 하루 12만 원선. 문제는 그걸 매일같이 내야 한다는 것이다. 그러다 보니 정착 택시 운전기사는 대부분 한 달에 100만 원 정도의 수익도 내는 것이 힘들다.

그리고 매일같이 택시 회사는 택시 운전기사들의 생계가 어렵다면서 택시비를 올려야 한다고 징징거리지만, 정작 택시비가 오르면 바로 다음 날 사납금이 올라 버린다.

"움직인 지 얼마나 되었습니까?"

"상당한 시간이 지난 것 같네. 너무 뜬금없는 쪽이라 나도 전혀 생각하지 못하고 있었네. 벌써 두 개 회사가 성화 쪽에 넘어갔어."

"두 개요?"

노형진은 고개를 갸웃했다.

"두개나 넘어갔다고요?"

"그래."

"이상하군요."

일반적으로 택시 운영은 하고 싶다고 해서 마음대로 할 수 있는 게 아니다. 개인의 경우 개인택시 면허를 구입해야 할 수 있고 기업 역시 운수 사업 면허를 가진 기업을 구입해야 한다.

"그걸 그렇게 순순히 넘겨줬다고요?"

"이상하지?"

"네, 이상하군요."

그들도 정치권에 손이 닿아 있는 자들이다. 하지만 이상하게 그들은 별 저항 없이 기업을 넘겼다.

'무슨 뜻이지?'

단순히 성화가 더 많은 돈을 준다는 뜻이 될 수도 있지만 장기적으로 보면 돈이 되는 것을 그냥 순순히 넘겨줄 리 없다.

"일단은 그쪽을 확인해 봐야겠군요."

"하지만 그 안에 들어갈 방법이 없는데?"

"택시를 감시하는 방법은 그것만 있는 게 아니죠."

"응?"

분명히 유민택은 노형진이 택시 회사에 들어갔을 거라 생각했을 것이다. 하지만 노형진은 다른 계획이 있었다.

"그들은 운수업이니까 운수업에는 당연히 고객님이 있는 법이지요."

"택시를 손님으로 타겠다는 건가?"

"네."

"그런다고 그 내면을 볼 수 있을까?"

노형진은 빙긋 웃었다.

"택시 운전기사라는 직업이 생각보다는 좀 심심한 직업이거든요. 후후후."

⚖

"광화문 사거리로 갑시다."

"네."

노형진이 택시를 타고 바로 출발하자고 신호를 주자 택시 운전기사는 바로 출발했다. 여기서 광화문 사거리까지는 상당히 먼 거리였기 때문에 간만에 장거리 손님이 탔다고 좋아하면서 말이지.

"으휴, 요즘 날씨가 너무 덥죠?"

노형진은 슬쩍 택시 운전기사를 보면서 말을 건넸다.

"더워요. 그렇다고 에어컨을 스물네 시간 틀어 놓을 수도 없고 장사는 안 되고, 죽겠습니다."

아니나 다를까, 택시 운전기사는 마치 기다렸다는 듯 대꾸해 왔다.

택시 운전기사들은 하루 종일 혼자 일하는 직업이다. 그러다 보니 대화하고자 하는 생각은 있지만 대화하는 사람들은 드물어서 대화하는 사람이 타면 말이 많아지는 버릇이 있었다.

'그리고 거기에는 상당히 많은 정보가 모이지.'

사람들은 모른다, 택시 안에 얼마나 많은 정보가 모이는지. 택시 운전기사들도 그 가치를 모르기 때문에 그냥 버리지만 말이다.

'하지만……'

노형진은 미국에서 어떤 남자의 의뢰를 받아서 그의 아내가 바람을 피우는 것을 추적한 적이 있다. 그때 추적한 것이 다름 아닌 택시였다. 사람들은 택시에 타면 그 운전기사를 없는 사람 취급해서 자기들끼리 쉽게 말하기 때문이다.

그 덕분에 그 택시에서 자주 가는 모텔을 확인할 수 있었고 그 현장을 덥쳐서 승리할 수 있었다.

'한번 찔러볼까?'

물론 조용한 사람도 있기 때문에 슬쩍 날씨로 찔러본 건데, 생각보다 말이 많은 운전기사 타입인 모양이었다.

"장사가 안 돼요? 아니, 왜요? 이렇게 더운 날씨에는 사람들이 제법 많이 탈것 같은데요?"

"아휴, 그거야 옛말이지요. 경기가 영 안 좋아서요. 그리고 뭐, 손님도 태워야 돈이 되죠."

"손님이야 뭐, 많이 모이는 곳이 있잖아요?"

노형진이 고개를 갸웃하면서 물었다.

택시가 사방을 돌아다니는 것 같지만 그렇지 않다. 사람이 많이 타는 장소가 있어서 보통은 그런 곳에서 기다리는 걸 선호한다. 돌아다니면 기름값이 적지 않게 들기 때문이다.

"전에는 그런 곳에 가서 태우고 그랬죠. 그런데 요즘은 그럴 수가 없어요."

"그럴 수가 없다?"

"네."

"왜요?"

"별 거지 같은 새끼들이 이쪽 바닥에 들어와서요. 안 그래도 택시 운전한다고 하면 인생 막장이라고 욕하는데 이제는 아주 개판이라니까요."

"개판요?"

"네, 요즘 자기들끼리 패거리를 만들고 같은 패거리 아닌 사람들을 쫓아내요."

노형진은 감이 오기 시작했다.

"그게 됩니까?"

"되죠. 어쩌겠어요."

운전기사는 계속 움직이면서 끊임없이 불만을 터트렸다. 그럴 수밖에 없는 게 돈이 되는 장소는 따로 있다. 그런데 그런 곳을 꽉 잡고 접근도 하지 못하게 하는 것이다.

"신고는요?"

"신고요? 안 해 봤겠어요? 그런데 그 새끼들이 다 택시를 운전하는 놈들이니 경찰이 온다고 하면 번개같이 튀어요. 도대체 어떻게 경찰이 오는 걸 아는지 모르겠어요. 어제도 아는 운전기사가 역 쪽에 있다가 봉변을 당해서 전치 4주나 나왔다니까요."

"4주요?"

"네."

단순히 역에 택시 승강장에 있다는 사실만으로 4주가 나왔다는 건 상당히 많이 팼다는 소리다. 일반적으로 전치 4주면 멍이 드는 수준 이상의 타박상을 뜻하기 때문이다.

"그래서 이렇게 힘없는 우리는 빵빵 돕니다."

"그래요?"

"네."

노형진은 그 말을 들으면서 자신의 기억에서 돈과는 상관없는 기억이 났다.

'그러고 보니 이런 게 문제가 되지 않았던가?'

몇 년 후 질 나쁜 택시 기사들이 조직을 구성하고 그 조직에 대항하는 운전기사들을 폭행하거나 장사가 잘될 만한 곳에서 손님을 받으면 구타를 하고, 심지어 손님에게 몇 배에 달하는 바가지를 씌우는 등의 사건이 일어났다.

'몇 번 시도는 했지만 근절이 쉽지 않았지.'

이미 그렇게 된 상황에서는 경찰들과 한패라는 뜻이기 때문에 신고를 해도 경찰은 늦장 대응하기 일쑤였고, 설사 아니라고 해도 어떻게 알았는지 그들은 먼저 도망갔다.

'사실은 그런 문제가 몇 년 후에 터질 일이기는 하지만 지금도 그런 게 없으라는 법은 없지.'

아까 운전기사도 말했지만 우리나라 사람들은 택시 운전한다고 하면 인생 막장인 사람이 하는 것이라고 생각하는 경향이 있다. 그런데 실제로 일부 그런 부분도 있다. 택시 운전기사 중에 선량한 사람들이 많긴 하지만, 기본적으로 택시 운전기사 채용 시 전과 기록을 확인하지 않기 때문이다. 그러다 보니 직장을 구하기 힘든 전과자들도 적지 않게 흘러들어 오곤 한다.

이것이 법이다

"그런데 그런 일이 자주 벌어지나요?"

"자주 벌어지지요. 솔직히 돈 되는 곳은 그런 녀석들이 꽉 잡고 있다고 봐도 무방해요. 저도 왜 거기에서 뺑뺑 도는데요."

택시 운전기사는 답답한 듯 하소연을 멈추지 않았다.

"그래요?"

노형진은 곰곰이 생각하다가 전화기를 들었다.

"고 팀장님. 네, 접니다. 확인할 게 있어서요."

노형진은 직감적으로 택시 회사 내부에서 무언가가 이루어지고 있다는 것을 알고는 그걸 확인해야 한다는 것을 느꼈다.

"당장 역으로 가서 택시 회사에 대해서 좀 알아봐 주세요."

―택시 회사 말입니까?

"네."

―마침 역이 근처에 있군요. 알겠습니다.

노형진은 그 말을 들으면서 어쩌면 김일성이 생각보다 더 머리가 좋은 놈일지도 모른다는 생각을 하기 시작했다.

⚖

"노 변호사님, 말씀이 맞더군요. 몰랐습니다."

고문학은 보고서를 가지고 와서 보고하면서 깜짝 놀랐다.

"택시들을 감시하라고 해서 그냥 무차별적으로 타고 다녔는데 역이나 그쪽으로 가서 보니 광신운수랑 발광운수 그리고 조성운수, 그 세 가지 기업밖에 안 보이더군요."

대룡의 일은 최우선적으로 해야 하는 일이기 때문에 노형진은 정보 팀을 최대한 운영해서 필요한 정보를 얻기 위해서 노력했다. 그런데 생각지도 못한 곳에서 정보가 나온 것이다.

"광신운수랑 발광운수는 성화에 넘어간 곳이군요. 조성운수는……."

노형진은 고개를 갸웃했다. 만일 성화가 이 일을 벌이고 있다면 조성운수가 끼어 있는 게 말이 안 되기 때문이다.

"내부적으로는 그 조성운수도 성화의 다른 계열사라고 보고 있습니다."

"위장 계열사란 말입니까?"

"네."

위장 계열사란 세금을 피할 목적으로 실질적으로 대기업 소속이면서도 아닌 것처럼 하는 곳을 말한다.

"벌써 세 곳을 집어삼켰다고요?"

"네."

"흠……."

노형진은 자신의 턱을 쓰다듬으면서 김일성의 계획을 알아내기 위해서 노력했다.

'단순히 운수업을 하려고 하는 건 아닐 거야. 그렇다고 사납금을 받으려고 하는 것도 아닐 거고……. 그럼 다른 이유가 있을 텐데……. 사납금이 목적인가? 하긴 고정적으로 들

어오는 수입이니 그게 상당히 도움이 되기는 하겠지. 하지만 그렇다고 해도 저항이 상당히 거셀 텐데…….'

노형진이 한참 생각하자 잠시 보고를 멈추는 고문학.

그 틈을 타 송정한은 고문학에게 자신이 궁금한 것을 물었다.

"그러면 그곳에 있는 택시는 타 봤습니까?"

"네, 대우가 확실히 다르더군요."

"대우가 다르다?"

"네, 일단 한국인 것처럼 탄 경우와 외국인 관광객인 것처럼 탄 것이 같은 거리를 가는 데 드는 비용이 거의 다섯 배 이상 차이 납니다."

"뭐라고요?"

송정한은 기가 막혔다. 사실상 바가지를 씌우고 있다는 소리가 아닌가?

"그게 가능합니까?"

"일본인 관광객처럼 연기했던 유소미 양의 말로는 거의 폭행할 분위기였다고 합니다."

"미친……."

그러면 당연히 그 사람이 한국에 다시 찾아올까?

올 리 없다. 아무리 관광 한국을 만든다고 난리를 떨어도 손님이 점점 떨어질 수밖에 없다.

"도대체 왜 그런 식으로 하는지는 아직 모르겠습니다만……."

고문학은 솔직히 성화가 왜 택시 사업에 끼어들었는지 이

해가 가지 않았다. 더군다나 대룡과 전쟁 중인 성화다. 대룡
에 피해를 줄 수 없다면 무슨 의미가 있단 말인가?

"그럼 택시가 지금 얼마나 그곳에 가 있죠?"

"대략…… 사백 대 정도 그쪽에 속해 있습니다."

"사백 대라……."

노형진은 한참 고민하다가 한숨을 푹 쉬었다.

"대충 알겠네요."

"뭐라고? 무슨 말인가, 노 변호사? 이유를 알아냈다고?"

"네."

노형진은 한참 고민하다가 자신이 너무 복잡하게 생각하
고 있다는 사실을 알아차렸다. 어쩌면 그 택시가 목적이 아
닐 거라는 단순한 생각. 그 생각이 노형진의 머릿속을 퍼뜩
스치고 지나간 것이다.

"자세하게 이야기 좀 해 보게."

"우리는 택시에 집중하고 있었지요. 그런데 아까 전에 어
떤 운전기사가 했던 말이 있습니다. 인생의 막장이라고 욕먹
는 곳이 바로 택시 운전기사라고요."

"그런가?"

"네."

한평생 택시라는 것을 타 본 적이 없는 유민택은 그런 것
에 그다지 관심이 없을 수밖에 없었다.

"실제로도 그런 것이 현실입니다."

"그런데?"

"그런데 만일 택시가 목표가 아닌 도구라면 어떨까요?"

"도구?"

"네, 제가 그동안 성화의 스타일을 많이 봐 왔지요. 유 회장님도 그들의 스타일을 알고요."

"그렇지."

성화는 불법적으로 하는 일이 있어도 돈을 모으는 데 주저하지 않는다. 뇌물부터 협박까지 수많은 방법으로 성장한 것이 성화다.

"그런데 지금의 성화에는 과거의 성화와 다른 것이 있지요."

"다른 것?"

"네, 공식적으로는 거대한 바른 기업입니다. 모 기업이 과거 밀수로 성장했지만 지금은 아닌 것처럼 굴지만요."

"그거랑 이거랑 무슨 관계가?"

"과거에 성화의 라인에서 사라진 것을 좀 찾아봤습니다. 사실 라인이라고 하기도 그렇지요. 하지만 막 성장할 때, 그러니까 김일성이 진두지휘를 할 때 존재하던 곳을 찾아봤지요."

김일성은 성공적으로 자리를 잡고 거대한 기업을 일궜다. 문제는 그런 경우 그 스타일을 고치는 것이 쉽지 않다는 것이다. 그 방법이 먹혔으니 다음번에도 먹힐 거라 생각하기 때문이다.

"그래서 택시에 집중한 게 아니라 김일성의 과거 행적에 대해서 집중해 봤습니다. 그런데 그가 성공하고 나서 성화가 상당한 규모가 되고 나자 바로 손을 뗀 부분이 있더군요."

"어떤?"

"바로 나이트클럽과 룸살롱 그리고 카바레입니다."

"응?"

노형진의 말에 유민택은 고개를 갸웃했다. 그가 그런 곳을 운영했다는 기억이 가물가물했기 때문이다.

"아마 유 회장님은 잘 모르실 겁니다. 그에게 집중하게 된 것은 그가 성공해서 두각을 나타내고 나서부터니까요. 하지만 우리 정보 팀의 조사에 따르면 그는 그러한 업종에서 돈을 모아서 기업을 일군 것으로 보입니다. 확실히 그런 업종이 돈이 잘 모이죠."

노형진의 말에 유민택은 한편으로는 이해가 가면서도 한편으로는 여전히 이해가 가지 않았다. 그게 택시 사업과 무슨 관계가 있단 말인가?

"그게 무슨 관계인가?"

"예나 지금이나 이런 업종의 공통점이 있습니다."

"공통점?"

"네. 바로 깡패들이 모인다는 거죠."

노형진의 말에 유민택은 얼굴을 찡그렸다.

깡패. 또는 조폭이라 불리는 이들 돈만 된다면 남에게 피해를 주는 것도 거리낌 없는 자들.

"그렇게 보지 마세요. 기업 중에도 그런 곳들 많습니다."

"끄응…… 그거야 그렇지."

기업들 중에서도 많은 곳들이 국민들이 피해를 입든 말든 오로지 돈만을 좇는다.

물론 기업이라는 것이 돈을 벌기 위해서 만들어진 곳인 만큼 그 행동이 나쁜 것은 아니다. 하지만 성화처럼 국민에게 피해가 가는 것을 뻔하게 알면서도 하는 놈들은 조폭들보다 하등 나을 게 없다.

'그리고 그런 곳들이 한두 곳도 아니고…….'

노형진은 문득 미래에 벌어질 일을 생각하고는 한숨이 나왔다.

'생각난 김에 바로 움직여야겠네.'

깜빡 잊어버리고 있었던 것. 그걸 움직여야 한다는 생각이 드는 노형진이었다.

"그래서 그거랑 택시랑 무슨 관계인데?"

"아, 제가 잠깐 딴생각을 했나 보군요. 하여간 성화에서 그쪽에 손을 뗍니다. 그러면 그 후에는 어떻게 되었을까요?"

"응?"

"그다음에는 본격적으로 화이트칼라 범죄 쪽으로 노선이 바뀝니다. 로비나 뇌물 쪽이죠."

"그렇지."

하지만 매번 노형진의 공격에 걸리면서 성화는 심각한 타격을 입고 있는 상황이었다. 그리고 거기까지 들은 유민택은 노형진이 말하고자 하는 게 뭔지 알 수 있었다.

"설마 그 녀석이 택시 업체를 미끼로 범죄자들과 조폭들을 양성할 계획이라는 건가?"

"그럴 겁니다. 그는 그런 직접적인 범죄로 성공한 사람이니까요."

이제 와서 다시 나이트클럽이나 카바레 쪽으로 가기에는 성화라는 기업의 이름이 너무 비싸다. 더군다나 그렇게 하면 다른 기업들이 비웃을 가능성이 높다. 그렇다고 외부 조직들을 사용하자니 그도 안다, 그들에게는 의리라는 게 없다는 것을.

"그런 스타일로 운영한 사람은 자신들이 수족처럼 움직일 수 있는 조직이 필요합니다."

"그게…… 택시라고?"

"네, 그리고 조직으로 쓰기에는 최고지요."

일단 택시 운전기사들을 뽑을 때는 그의 범죄 이력을 조회해야 하는 규정도 없다. 더군다나 그들은 모두 차를 가지고 있기 때문에 기동력 하나는 최고라고 봐도 된다.

"더군다나 현재 택시 회사들은 불법적인 사납금이라는 제도로 운영됩니다. 즉, 성화의 입장에서는 가만히 있어도 적지 않은 돈이 들어온다는 뜻이지요."

"하지만 한두 개로 어떻게……."

"그 부분에서 이상 징후를 발견한 겁니다."

"이상 징후?"

"네."

"무슨 징후?"

"그들이 자리싸움을 하고 있더군요."

"자리싸움?"

"네."

노형진이 우연히 들었던 것. 그건 돈이 되는 자리에서 다른 운전기사들을 쫓아내고 있다는 것이다.

"그렇게 되면 다른 기업들은 당연히 수익이 줄어들 수밖에 없습니다. 장기적으로는 그들도 흔들리겠지요."

"음……."

그런 자리를 빼앗기게 되면 운전기사들은 사납금을 채울 수가 없게 된다. 그런다고 기업들이 사납금을 깎아 주거나 하지는 않을 테니 결국 손해만 보면서 일해야 한다.

"결과적으로 운전기사들은 그들 아래로 들어가는 수밖에 없게 될 겁니다."

"상납을 해야 한단 말인가?"

"그렇지요."

과거에는 조폭들이 가게에서 상납을 받았다. 하지만 이제는 택시 운전기사들에게 받게 되는 것이다.

"그리고 재정이 악화된 기업은……."

"넘어가겠군."

그리고 상황이 안 좋아진 그곳을 살 수 있는 곳은 오로지 성화뿐일 것이다.

"물론 다른 기업을 만들어서 유령 기업이 사도록 할 겁니다. 시끄러운 건 싫을 테니까요. 어찌 되었건 장기적으로 봤을 때 성화가 택시 쪽을 집어삼키게 될 겁니다."

"하지만 시대가 시대인데……."

"시대가 시대라고 해도 폭력은 언제나 있습니다. 당장 출퇴근을 방해하면 어쩌실 겁니까?"

"출근을? 어떻게?"

"방법이야 많지요."

당장 대룡 소속의 기업 근처에서 영업을 안 하거나 고의적으로 이동할 때 분란을 만들어서 차를 정체시키는 방법도 있다.

"그리고 그들은 차를 타고 어디로든 다닐 수 있습니다. 임원이나 그 가족에 대한 협박을 할 때 최고로 안전하지요."

과연 그들이 누군가를 미행할 때 누가 의심하겠는가? 사방에 다니는 택시인데.

"크흠……."

그 말을 들은 유민택의 얼굴이 사정없이 일그러지기 시작했다.

"더 이상 간접적인 방법이 아니라 직접적으로 손쓰겠다 이건가?"

"그게 김일성 회장의 방식입니다."

지금까지 싸워 온 사람들은 김일성 회장의 자녀들이다. 그들은 가진 채로 태어났기에 직접적인 것보다는 간접적인 방식을 선호했다.

"하지만 김일성 회장은 아니죠. 그는 직접적으로 공격할 방법을 찾을 겁니다. 그리고 택시는 일단 그 첫 번째 단계인 거죠, 조직원들을 모으기 위한."

"음……."

보통 조직들이 약한 이유는 보장이 없기 때문이다. 하지만 뒤에서 성화가 밀어주고 감방에 갔다 와도 택시 기사라는 자리라도 확실하게 보장해 준다면 직접적으로 행동할 만한 사람들은 많다.

"그렇게까지……."

"단돈 몇십만 원에 사람 죽이는 게 사람입니다. 막말로 택시 운전하다가 대룡에 다닌다고 무차별 구타하면 어떻게 될까요?"

"……."

그러면 대룡에 다니는 사람들은 무서워서 택시를 타지 못할 것이다. 단순히 택시를 타지 못한다는 것은 생각보다 큰일이다. 당장 야근하고 퇴근하려면 택시가 필수인데 말이다.

"나비효과라고 하죠. 아주 작은 행동이 상대방에게는 큰 영향을 주는 게 현실입니다."

"……."

유민택은 침묵을 지켰다. 머릿속에서는 해결책을 찾기 위해서 노력하고 있었지만 지금까지 직접적인 공격을 받아 본 적이 없는 그로서는 도무지 방법이 보이지 않았다.

"모르겠네."

"네?"

"이걸 어떻게 막을지 말이야……."

저쪽에서 직접적인 공격을 한다고 해서 이쪽도 직접적으로 공격할 수는 없다. 직접적으로 공격하기 위해서는 이쪽도 조직을 키워야 한다는 뜻이 되기 때문이다.

"보디가드라도 키워야 하나?"

"그건 무의미합니다. 도둑 하나를 열 명이 못 막는다는 소리 못 들어 보셨습니까?"

"끄응……."

저들이 공격하고자 할 대상은 널리고 널렸다. 그에 반해서 보디가드가 지킬 수 있는 숫자에는 한계가 있다.

"당장 일반 직원을 공격하는 것만으로도 엄청난 위협감을 느끼게 할 수 있습니다. 도리어 그 상황에서 임원에게만 보디가드를 붙이면 직원들이 불만을 가지게 될 겁니다."

"끄응…… 망할 놈 같으니라고."

유민택은 자신도 모르게 머리를 흔들었다.

"그러면 어떻게 하는 게 좋겠나? 경찰에 신고할까?"

"아마 소용없을 겁니다. 그토록 자리를 빼앗는 것을 경찰에 신고했는데도 출동도 잘 안 하고, 설사 한다 해도 늦장 출동에, 신고하면 귀신같이 도망간다고 하는 걸 보니 이미 경찰 쪽에까지 다 손써 놨을 겁니다. 성화라면 그러고도 남지요."

지금까지 성화는 수많은 일을 벌여 왔지만 그때마다 경찰과 검찰에 가장 먼저 손썼다.

"그러니까 경찰에 신고한다고 해도 의미가 없을 겁니다."

"하지만 우리도 로비력에서는 지지 않네만."

"하지만 이번에는 증거가 없습니다."

"아…… 그렇군."

증거가 있다면 당연히 이쪽이 승리한다. 로비를 해도 이길 수 있기 때문이다. 하지만 증거가 없는 상태에서는 아무리 로비를 해도 성화를 이기는 것은 쉬운 일이 아니다.

"우리가 택시 쪽에 뛰어드는 것은 어떤가?"

"글쎄요……. 무슨 의미가 있나 싶네요."

성화는 택시로 돈을 벌려는 게 아니라 그걸 가지고 자신들을 공격할 병력을 키우려는 것이 속셈이다. 그런 만큼 그들을 막기 위해서는 택시 기업 자체를 붕괴시키는 것이 최선이다.

"하지만 무슨 수로? 다른 택시 기업들하고 연합이라도 할까?"

"글쎄요……."

노형진은 그 부분은 마음에 안 들었다.

그들이 하는 짓은 사실 성화와 하등 다를 바가 없다. 자신들의 욕심을 위해서 사납금이라는 제도로 운전기사들을 노예처럼 부려 먹으니까.

'그러니까 택시 운전기사들이 막장이라는 소리를 듣지.'

택시 기사들이 근본적으로 막장인 것이 아니라 그런 열악한 근무 조건에서도 일하려 하다 보니 막장이라고 생각되는 것이다.

"다른 방법을 찾아봐야지요."

"하지만 무슨 수로 말인가?"

"방법이 있기는 합니다."

"방법이 있어?"

"네."

사실 노형진은 이번 사건에 대한 방법을 이미 알고 있었다. 자신이 생각했다기보다는 미래에 벌어질 일을 훨씬 빨리 당겨 오는 것이었다.

'하지만 그 효과는 좋았지.'

물론 그 일이 도입될 때만 해도 기존 택시 회사들의 저항이 엄청났다. 그래서 그 시스템이 안착될 때까지 상당한 시간이 걸렸다.

'하지만 대룡이라면 그런 건 무시해도 될 거야.'

노형진은 이참에 진짜 일하는 사람들이 돈을 가지고 가는 시스템을 만들어 볼 생각을 하기 시작했다.

인간은 배운 대로 행한다

"협동조합 택시?"

"네."

노형진은 미래의 기억을 더듬어서 이번 사건을 해결할 수 있는 가장 좋은 방법을 생각해 냈다.

"그게 뭔가?"

"말 그대로 협동조합입니다. 운전기사들이 자기들이 출자를 하고 그것에 대해서 돈을 가지고 가는 거죠."

"이해를 못 하겠군."

택시를 타 본 적이 없는 유민택은 협동조합 택시라는 것을 도무지 이해할 수가 없었다.

"택시의 수는 한정되어 있습니다. 그리고 택시는 두 가지로 나눌 수 있지요. 개인택시와 기업 택시."

"그건 알겠네."

"그런데 개인택시는 개인 면허와 자기 차량을 가지고 있어야 합니다. 일반적으로 개인택시 면허는 수천만 원에 거래되는데 차량까지 사려면 1억 가까이 들지요."

"허."

"어쩔 수 없습니다. 그 대신에 기업에 뜯기는 것 없이 자신이 운전할 수 있는 한 계속 먹고살 수 있으니까요. 그에 반해 기업 택시는 현재는 차량을 빌리는 형태로 되어 있습니다."

원래 기업 택시는 운전기사를 고용하고 월급을 주며 운영하게 되어 있다. 하지만 기업의 입장에서는 그러면 돈이 안된다. 월급도 적지 않게 줘야 하는 데다가 관리비까지 생각하면 나가는 돈이 많아지는 것이다.

"그래서 그들은 사납금이라는 형태로 운영합니다."

쉽게 말해서 사납금이란 택시를 빌려주는 형태가 되는 것이다. 일종의 택시 대여료라고 할까?

"그런데 여기서 문제가 생깁니다. 일반적으로 택시는 교대로 움직이지요. 주야간 사납금이 좀 다르지만 다 합하면 20만 원 정도 됩니다."

"그렇겠군."

"그런데 사납금은 끝이 없죠."

하루에 20만 원씩 받는다고 하면 열흘이면 200만 원, 100

일이면 2천만 원이다. 차량의 가격이 대략 네 달 정도면 차량의 가격을 뽑고도 남는 것이다.

"그런데 사납금은 계속 부과되는 거죠."

"그렇군. 그래서 그렇게 택시 산업이 돈이 되는군."

"네."

당장 하루에 20만 원씩 받는다고 치면 한 달이면 600만 원 정도의 순수입이 남는다. 기업 택시의 수명이 대략 4년이라고 치면 1년에 못해도 7천, 4년이면 2억 8천의 수입이 남는 셈이다.

"이렇기 때문에 택시 회사들이 엄청난 뇌물을 뿌려 가면서 사납금제를 지키려고 하는 겁니다."

일반적으로 택시 회사들이 운영하는 택시는 백 대가 넘는다. 즉, 한 달에 600만 원이면 한 달 수익이 6억의 수익이 남는 거다.

"그건 알겠네. 그거랑 협동조합이랑 무슨 관계인가?"

"아시다시피 대룡은 수입 차를 관리하기 위해 자동차 정비 시스템을 가지고 있습니다. 아시죠?"

"그렇지."

"그걸 이용하는 겁니다. 협동조합 택시에 대한 서비스를 지원하는 거죠. 일반적으로 협동조합 택시는 기업 택시에 비해서 두 배 이상의 수익을 낸다고 알려져 있습니다. 사납금이 없으니까요."

"그건 어떻게 아나?"

"아…… 그게 뭐, 수치상입니다, 수치상."

노형진은 그렇게 말했지만 실제로 벌어진 일이 그렇다.

일반적으로 기업 택시를 운전하는 사람은 사납금 때문에 아무리 벌어도 150만 원을 벌기 힘들다. 하지만 협동조합 택시는 쉴 거 다 쉬고 근무시간을 줄이고 주 4일 근무를 했음에도 불구하고 평균 250만 원 이상을 가지고 가는 것이 보통이었다.

'그리고 그게 좋은 평판을 받았지.'

돈이 충분하니 안전 운전을 하게 되고 그래서 사고율도 줄어들고 운전기사도 다급하지 않으니 친절하게 된다.

"이걸 도입하면 분명히 저쪽 상대방과 싸우게 될 겁니다."

"음……."

유민택은 고민하기 시작했다. 노형진이 한 말에는 딱 하나 문제가 있기 때문이다.

"그게 무슨 뜻인지 아나?"

"압니다. 아주 잘 알지요."

노형진의 말대로 하면 기존의 택시 기업은 살아남지 못한다. 어떤 운전기사가 박봉에 힘든 쪽으로 가겠는가?

"어차피 기존 택시 회사들은 못 버팁니다. 설마 성화가 그냥 둘 거라 생각하십니까? 벌써 성화는 말려 죽이기에 돌입했습니다."

"……."

맞는 말이다. 성화는 이미 기존 택시 회사들을 말려 죽이고 흡수하기 위해서 수를 쓰고 있다. 기존 역사에 없었던 일이지만 이미 시작되었다.

"아무리 기존 택시 회사들이 로비를 했다고 해도 성화를 이기지는 못합니다. 결과적으로 기존 회사들의 선택은 간단합니다. 이쪽에 먹힐 것인가, 저쪽에 먹힐 것인가."

"……."

"그리고 아무래도 택시 운전사들은 이쪽으로 올 수밖에 없지요."

"과연 그럴까? 자네가 생각하지 못하는 게 있네. 택시에는 기업에 따른 메리트가 없어."

유민택의 지적은 날카로웠다.

확실히 택시에는 그런 특성이 있다. 일반적으로는 가장 가까이에 있는 택시를 타지, 특정 업체의 택시를 골라 타지 않으니까.

"그래서 어플이 필요한 것이지요."

"어플?"

"네, 스마트폰에서 쓰는 일종의 프로그램 이름입니다. 일반적인 컴퓨터로 보자면 바탕 화면의 아이콘 같은 존재입니다."

"그게 무슨 소용이 있는가?"

"아시다시피 현재 우리나라에서 스마트폰의 판매량은 점

점 늘어나고 있지요."

"그렇지."

대룡이 개발한 정전기식 터치 기술 덕분에 대룡의 스마트
폰 판매량은 무서울 정도로 늘어나고 있다. 성화에서 그걸
빼앗으려다가 도리어 실패하면서 홍보만 해 준 꼴이 되었기
때문이다.

"그걸로 택시를 부르는 기능을 추가하는 겁니다."

"택시를 부른다고?"

"네."

원래는 미래에 모 기업이 만들 시스템이다. 하지만 노형진
은 이걸 가지고 좀 더 효율적으로 쓸 수 있다고 생각하고 있
었다. 그 당시 그 기업이 만든 시스템도 좋았지만 몇 가지 문
제점이 있었기 때문이다.

"지금은 택시를 부르려면 콜비라는 걸 내야 합니다. 일반
적으로 콜비는 1천 원이지요. 하지만 자동으로 어플을 통해
서 부르게 할 수 있다면 그 돈을 내지 않아도 됩니다."

"그러니까 그 어플을 우리 쪽 택시나 우리와 함께하는 업
체에만 제공하자 이건가?"

"그렇지요."

자신들처럼 협동조합 형태가 되든가, 아니면 최소한 규정
대로 월급 형태로 운영하는 곳에만 그 시스템에 참가할 권한
을 주든가 하는 것이다.

"손님의 입장에서는 단돈 1천원이라도 더 싸게 부를 수 있으니 당연히 어플을 사용하겠지요."

"그런가?"

"네. 그리고 요금 부여는 콜을 해 놓고 약속을 깼을 때 하는 게 좋습니다."

"응?"

유민택은 고개를 갸웃했다. 보통은 약속을 하고 서비스를 이용하면 요금을 부여한다. 그런데 반대로 그걸 이용하지 않으면 부여하자니?

"우리나라는 '노쇼'가 좀 심하거든요."

"'노쇼'?"

"네. 회장님 같은 분들이야 안 그렇겠지만요."

'노쇼'란 예약하고 나서도 나타나지 않는 것을 뜻한다.

'실제로도 이게 문제였고.'

해당 프로그램을 선보였던 당시 가장 큰 문제가 뭐였냐면, 어플로 불러 놓고 눈앞에 지나가는 택시가 있으면 그걸 잡아타고 가 버리는 것이었다. 그렇게 되면 협동조합 측 택시 기사는 허탕만 치는 꼴이 되는 것이다.

"그러니까 한 2천 원 정도로 가격을 매겨서 이용하면 요금을 안 내도록 하고, 이용하지 않으면 내도록 하는 걸로 하면 됩니다."

"불만을 가지지 않을까?"

"그런 걸로 불만을 가질 거라면 애초에 이용하지 않을 겁니다."

"하긴."

호출했다는 것은 약속했다는 것이다. 애초에 그렇게 약속을 깨 버리는 사람은 다음번에도 똑같은 짓을 할 가능성이 높다.

"차라리 제대로 된 손님을 받도록 하는 게 훨씬 유리하지요."

"그렇지?"

"네."

유민택은 노형진의 말에 심각하게 고민하기 시작했다. 확실히 어플을 개발하는 것은 어려운 것이 아니다. 대룡쯤 되는 기업에서는 금방 할 수 있는 일이다.

"미래는 소프트웨어가 지배할 겁니다."

노형진은 고민하는 유민택에게 한마디의 말을 던졌다.

"하드웨어가 발전하면서 좋아지는 것은 거의 한계에 다다랐습니다. 물론 하드웨어는 계속 발전하겠지요. 하지만 체감을 느끼기에는 아주 확 달라지는 것이 힘든 시점이 곧 옵니다. 더군다나 얼마 후면 세계적인 불황이 닥칠 가능성이 높습니다. 그러면 사람들은 최고 사양의 비싼 하드웨어보다는 적당한 가격에 좋은 성능을 가진 하드웨어를 찾으려고 할 겁니다."

"소프트라……."

"한국은 이상할 정도로 소프트웨어에 관심이 없지요."

세계적인 하드웨어들은 대부분 한국이 아닌 외국에서 만들어진다. 물론 그렇지 않은 것들도 있었다. 그러나 그런 것들은 정부와 국내 대기업들의 철저한 방관 속에 특허권이 해외에 팔리는 게 대부분이었다.

"흠……."

아직까지 이해하지 못하는 유민택이었다.

"뭐, 일단은 아직은 이해가 가시지 않을 겁니다. 하지만 이번에 그 어플을 만들어서 뿌려 보세요. 그 어플 하나가 얼마나 많은 변화를 일으킬지, 보면 아실 겁니다."

노형진은 그저 피식 웃을 뿐이었다.

"택시 협동조합?"

얼마 뒤 대룡은 망해 가는 택시 회사 하나를 인수했다.

전 사장이 공금을 횡령하고 도망가는 바람에 거의 망하기 직전이었기 때문에 그렇게 비싸게 산 것은 아니었다. 그리고 기존에 있던 운전기사들을 데리고 새로운 사업 모델을 발표하기 시작했다.

"네, 여러분들은 1인당 차량 가격의 3분의 1을 내시면 됩니다. 그렇게 되면 여러분들은 여덟 시간 근무하고 열여섯 시간을 쉬는 형태로 함께 차를 쓰시면 됩니다."

"아니, 왜?"

"누구 좋으라고?"

대부분의 운전기사들은 그게 뭐가 좋은지 몰라 색안경을 끼고 바라보았다.

"더군다나 지분은 4분의 1이라며? 그럼 나머지는 기업이 갖는 거 아냐? 그러면 우리가 차를 사서 상납하는 꼴밖에 더 돼?"

"맞아!"

"우리가 바보인 줄 아나!"

그들은 노형진이 뭐라고 하든 간에 마구 화내기 시작했다.

"자, 자, 진정하시고."

"지금 진정하게 생겼어?"

소리를 버럭버럭 지르는 사람들.

그리고 대롱에서 나온 석준만 부장은 진땀을 흘렸다.

'젠장…… 내가 어쩌다…….'

자신이 설득하는 업무를 담당하게 되었는지 그는 말을 할 수가 없었다. 노형진은 그런 그들을 보다가 피식 웃음이 나왔다.

"어쭈? 웃어? 웃어?"

"우리가 만만해 보여, 이 새끼야!"

고함을 지르는 사람들. 노형진은 그들을 보면서 고개를 끄덕거렸다.

"네, 만만해 보이네요."

"뭐라고요!"

"지금 우리 무시하는 겁니까?"

"무시는 안 합니다. 하지만 하기 싫으면 나가세요."

그 말에 석준만 부장은 당황해서 노형진에게 다가와서 작게 중얼거렸다.

"아니, 왜 도발을 하세요? 설득을 해도 부족할 판에."

자신의 목적은 설득해서 가능하면 많이 합류시키는 것이다. 그런데 도리어 노형진은 도발하기 시작한 것이다.

"석준만 부장님."

"네?"

"우리는 설득하러 온 거지, 끌려가려고 온 게 아닙니다."

"무슨 말씀이신지?"

"우리는 파트너를 구하러 온 거지, 상전을 구하러 온 게 아니란 말입니다."

"그거야 그렇지만 좋은 게…… 좋은 건데……."

"좋은 게 좋은 거라는 건 말도 안 됩니다. 일단 좋은 게 좋은 거라는 태도 때문에 세상이 발전하지 않는 겁니다."

"……."

'하아.'

노형진은 그의 모습을 보고는 자신도 모르게 고개를 흔들었다.

유민택은 생각보다 사람을 보는 눈이 날카롭다. 그런데 석준만은 아무리 봐도 이번 일을 감당할 만한 사람은 아니었다. 물론 안정화된 다음에는 잘 운영할 듯한 사람인 것 같지만 말이다. 그리고 유민택 회장이 그걸 몰랐을 리 없다.

'뽕을 뽑아 먹겠다 이거구먼.'

유민택이 그걸 알면서도 그를 보낸 것은 바로 자신 때문이었다. 자신이 속 터지면 나설 걸 아니까 그 뒤를 감당할 만한 사람만 보낸 것이다.

'하긴 어차피 적을 만들 거면 내가 하는 게 훨씬 나은 선택이기는 하지.'

석준만은 남아서 운영해야 하는데 적을 만들어서는 곤란하다. 그렇다고 중간에 담당자를 바꾸자니 왠지 공을 세운 사람을 내치는 듯한 꼴이 된다. 결국 전면에 노형진을 내세우려고 꼼수를 부린 것이다.

'그래, 그런 거지.'

노형진은 유민택의 의중을 생각하고는 피식 웃었다.

"그냥 제가 말하겠습니다."

"아, 네……."

노형진의 말에 순순히 물러나는 석준만.

'보아하니 들은 말이 있구먼.'

그렇지 않다면 아무리 평화론자라고 하지만 이렇게 뒤로 물러날 리 없다.

'뭐, 멍석을 깔아 준다는데야.'

자신이 멍석까지 깔아 줬는데 쇼를 하지 못할 법은 없다.

"일단은 여러분."

노형진은 단상에 있는 석준만을 뒤로 물러나게 하고 앞으로 나섰다.

"그렇게 불만 있고 하기 싫으면 나가세요."

"뭐라고!"

"우리한테 협조를 요청하기로 했다면서!"

"네. 협조를 요청하러 온 거 맞죠. 하지만 여러분이 우리 상전은 아닙니다. 어차피 자기 차도, 면허도 없어서 여기서 사납금 내 가면서 택시 운전한 게 여러분 아닙니까? 그런데 사장이 바뀌었다고 언성을 높인다고 우리가 '아이고, 죄송합니다.' 하고 고개 푹 숙이고 끌려갈 거라 생각하세요? 하기 싫으면 하지 마세요. 사무실 위치는 아시죠? 가서 그만둔다고 하시면 바로 퇴직 처리해 드릴 겁니다. 아, 여러분, 그리고 근로자가 아니라 개인 사업자라 퇴직금도 없습니다. 아시죠? 자, 그럼 불만 있는 분들은 뒤로 가십시오."

노형진은 그렇게 말하면서 운전기사들의 면면을 바라보았다. 그러자 사람들은 갑자기 아까와는 다르게 고개를 돌리면서 시선을 피하기 시작했다.

'내 이럴 줄 알았다.'

사장이 바뀌고 새로운 사장이 좀 유화적인 제스처를 취하는 것 같으니까 자기들 이권을 더 높이려고 고의적으로 언성을 높인 게 분명했다.

'이런 인간들이 진짜 싫어.'

자신들에게 잘해 주는 사람에게는 대들고, 정작 싸워야 하는 대상에게는 찍소리도 못 하는 사람들.

'너희들이 아니더라도 할 사람은 많아.'

이미 미래에 한번 성공한 시스템이다. 그걸 훨씬 효율적으로 운영하는데 실패할 리 없다. 그래서 노형진은 문제가 될 만한 사람들은 모조리 잘라 버릴 생각이었다.

"나가실 분들 없습니까?"

"……."

아까와는 다르게 찍소리도 못 하는 사람들.

노형진은 그런 그들을 보면서 고개를 끄덕거렸다.

"자의적으로 나가지 않는다면 제가 내보내야지요. 일단 성범죄 전력이 있는 분들, 나가세요."

"뭐라고!"

"뭔 개소리야!"

몇몇 인간들이 일어나서 소리를 버럭 질렀다. 그리고 그렇다는 건 그들은 성범죄 전력이 있는 사람들이라는 뜻이다.

"택시는 많은 사람들이 타는 공공의 발입니다. 그리고 그 특성상 여성 고객이 혼자 타는 경우도 빈번하죠. 그런데 왜 우리가 위험부담을 무릅쓰고 성범죄자를 고용해야 하죠?"

"차별이야, 이거!"

"차별당한다고 생각하면 법원에 제소하세요. 어차피 여러분들의 동의서를 받아서 범죄 이력을 조회할 겁니다. 아니, 말 나온 김에 한꺼번에 처리합시다. 다음 죄목을 가지신 분들 바로 나가세요. 성범죄 전과 가지신 분들하고 고객 폭행 전과 가지신 분들, 그리고 고객 분실물 꿀꺽하셨던 분들."

"뭐라고!"

"지금 우리보고 죽으라는 거야!"

그들이 발끈하자 노형진은 아주 대놓고 말했다.

"당신들이 죽든 말든 우리가 알 바 아니지요. 분실물이 생겼으면 주인을 찾아 드려야지, 왜 그걸 자기가 꿀꺽합니까? 고객 핸드폰이 무슨 현금 입출금기예요? 왜 장물 업자한테 넘기는데요? 그런 마인드로 무슨 택시를 운전을 해요? 우리 회사에는 그런 마인드를 가진 사람 못 둡니다. 어차피 전과 조회할 거고 거기서 걸러 낼 겁니다. 동의서 안 써 주시는 분들도 계약 안 할 겁니다. 그러니까 나가세요, 이 이상 창피당하지 마시고."

"이 새끼가 증말!"

"죽을래!"

강하게 저항하는 사람들.

하지만 그들은 바로 다음 순간 문이 열리면서 들어온 새론의 경호 팀을 보고 입을 다물었다.

"한 번만 더 그딴 소리 하는 분은 협박죄까지 전과에 붙여 드릴 용의가 있습니다. 그러니까 나가시든가 전과를 다시든가 마음대로 하세요."

결국 일어나서 소리를 지르던 사람들은 고개를 푹 숙이면서 바깥으로 나가기 시작했다. 노형진의 예상대로 문제를 일으키면서 언성을 높이던 인간들은 그런 인간들이었던 것이다.

'제법 되네.'

노형진은 텅 비어 버린 공간을 보면서 얼굴을 찌푸렸다.

딱 봐도 5분의 2 이상이 비어 버린 공간. 그만큼 막장인 인간들이 이곳에 많이 흘러들어 왔다는 뜻이다.

"이 빈 공간은 다른 분들이 채울 겁니다. 그러니까 걱정하지 마시고."

하지만 이미 남은 사람들은 아무런 말도 하지 못하고 벌벌 떨었다. 가차 없이 잘라 내는 그 모습에 공포를 느낀 것이다.

"바르게 살아오신 분들은 걱정 안 해도 됩니다. 질 나쁜 놈들이 있는 건 택시 운전하는 분도, 사회생활 하는 분도 다 똑같이 느끼는 거니까요."

'다만 비율의 문제지.'

노형진은 그들을 보면서 입을 열었다.

"여러분들에게 모이라고 한 것은 사전에 공지한 바와 같이 협동조합 형태로 기업을 운영하기 위해서입니다."

노형진은 남아 있는 택시 운전기사들에게 차근차근 설명

하기 시작했다. 그러나 역시나 택시 운전기사들은 분위기가 좋지 않았다. 아니, 좋지 않을 수밖에 없었다.

"일단은 우리한테 유리한 방법이기는 한데……. 하아, 한 가지 문제가 있습니다."

"무슨 문제요?"

"우리는…… 돈이 없습니다."

밀리고 밀려서 여기까지 온 사람들이다. 당장 돈을 모으고 싶어도 사납금을 내고 나면 한 달에 150만을 버는 것도 빠듯하다.

"지금까지 번 돈이 없습니다. 매일같이 사납금 내고 나면 남은 돈이 없어요. 들어 보니까 한 명당 못해도 1천만 원은 내야 하는데 우리에게는 그 돈이 없습니다."

고개를 푹 숙이는 사람들.

'그럴 줄 알았다.'

맨 처음 협동조합 택시가 생길 때 가장 힘들었던 것이 바로 돈 문제였다. 그 당시 협동조합원들은 1인당 2,500만 원이라는 돈을 내야 했다. 노형진은 그걸 줄여 볼 속셈으로 대룡을 끼게 만들었지만, 그렇다고 해도 협동조합인 이상 그들이 돈을 안 낼 수는 없었다.

결과적으로 그 아이디어는 좋지만 조합원들이 돈을 낼 수 없다면 만들 수 없는 결과가 나오는 것이다.

'그리고 그게 제일 힘들었지.'

노형진이 그걸 모를 리 없었다. 그렇기 때문에 이미 모든 준비를 마친 상태였다.

"그 돈은 3%의 저리로 대룡에서 빌려 드릴 겁니다."

"뭐라고요?"

"대룡은 여기에 투자를 한 주주임과 동시에 채권자입니다. 차량에 대해서는 여러분들과 마찬가지로 지분의 4분의 1을 가지게 되고 차량 기지와 주차장 그리고 시설에 대해서는 100% 지분을 가지게 됩니다. 여러분들은 대룡에 그 사용료를 내면 됩니다."

"하지만 차량이……."

"맞습니다. 차량이 문제이지요. 그렇기 때문에 대룡에서는 여러분들의 지분을 담보로 잡고 비용을 빌려 드릴 겁니다."

"헐?"

사람들은 깜짝 놀랐다. 만일 돈을 갚지 못한다 해도 차에 대한 지분만 빼앗기기에 손해 보지 않는다는 뜻이기 때문이다.

물론 차량은 감가상각이 되는 물건이기 때문에 조금은 갚아야 하겠지만 말이다.

'그에 반해서 대룡 역시 문제가 안 되서 좋지.'

만일 누군가 여기에 적응하지 못하고 나간다면 대룡은 다른 운전기사에게 그 지분을 받아서 팔면 그만이다. 대룡으로서는 초기 자금이 좀 들어가기는 하지만 손해 볼 것은 없다.

'그리고 유민택 회장은 그 정도 자금으로 성화만 날려 버

릴 수 있다면 기꺼이 투자하지.'

오로지 단 하나, 성화 타도만을 위해서 수백억을 투자하는 그다. 수억 정도는 어렵지 않게 투자할 수 있다. 더군다나 자신들의 계획대로 된다면 이 운수 업계를 자신들이 제패하는 것은 일도 아니다.

"싫으면 기존에 사납금을 받던 곳으로 가시면 됩니다. 일단 우리는 사납금은 운영하지 않을 계획이니까요."

"음⋯⋯."

운전기사들은 서로 눈치를 보기 시작했다. 그런 조건이면 파격적이다 못해 거의 퍼 주는 조건으로 하는 셈이기 때문이다.

"그럼 진짜로 그 조건으로 하는 겁니까?"

"그럼요. 다만 우리의 통제를 잘 따라 주셔야 합니다. 근무는 3교대이기 때문에 기본적으로 서로 돌아가면서 주간 근무를 하게 됩니다. 그러니까 불만은 없을 겁니다."

노형진은 천천히 운영 시스템을 설명했다.

"이런 식으로 하면 대룡도 적지 않은 수익을 가지고 갈 수 있습니다. 물론 사납금을 가지고 가던 기존 업체보다는 훨씬 수익이 줄어들긴 하겠지만 말이죠."

'그래도 여전히 월급제보다는 많이 가지고 가지.'

노형진이 단순히 택시 운전기사들 좋으라고 이런 시스템을 도입한 게 아니었다. 만일 단순히 성화와 싸워야 하는 것이라면 이런 노동조합 형태보다는 법대로 월급제를 하는 것이 좋다. 하지만 그렇게 되면 대룡에서 가지고 가는 돈이 너무 적어진다. 세금이 많아지기 때문이다.

'그렇지만 이런 식으로 노동조합 형태가 되면 세금도 줄어들고 양측이 가지고 가는 돈도 많아지지.'

뭐, 정부의 입장에서는 가지고 가는 돈이 적어지는 게 불만이겠지만 말이다.

"그리고 운수업 자격은 대룡이 가지고 있는 거죠."

가장 중요한 것이 이것이다. 운수업 자격은 대룡이 쥐고 있다. 얼핏 평등해 보이기는 하지만 저들은 절대 대룡에 무리한 요구를 하지 못한다. 운수업 자격을 가진 대룡이 없으면 영업을 못 하기 때문이다.

만일 그들이 무리한 요구를 하면 대룡은 협동조합에서 탈퇴하고 그냥 새로 조합을 만들어서 사람을 다시 모으면 된다. 어차피 차량을 관리하는 시스템과 시설에 대한 권한은 대룡이 가지고 있으니 택시 운전수들은 차량에 대한 지분이 있다 하더라도 운행은 못 하게 되는 것이다.

'아이고, 머리야……. 내가 왜 이렇게 고생을 해야 하나.'

그렇게 양측에 원원하면서도 한편으로는 일단은 핵심 세력인 대룡의 수익을 어느 정도 보장하는 방법을 만들어야 했기 때문에 노형진은 며칠씩 밤을 지새워야 했다.

"거절하시면 나가시면 됩니다."

물론 택시 운전기사들도 그걸 모르지는 않는다. 그럼에도 불구하고 지금 노형진이 내건 조건은 이 업계에서는 진짜 파격적인 것이었다. 당장 사납금이라는 것이 없다는 게 얼마나 충격적인가?

"자, 그럼 이제 희망자분들과 개인 면담을 해 볼까요?"

⚖

"석준만이 일을 잘해 주는 것 같더군."

"어련하겠습니까?"

애초에 석준만은 이런 갈등 없이 안정된 상태에서 일을 잘하는 타입이다. 그리고 그런 사람을 뽑아서 보낸 것은 다름 아닌 유민택이었다.

"아직도 그걸 가지고 꽁해 있나?"

"은근슬쩍 일감을 저한테 떠넘기셨잖습니까? 법적인 조언이 변호사의 업무지, 나서서 떠드는 건 업무가 아닌 것 같은데요?"

"고객을 위한 서비스라고 생각해 주게나."

"너무 과한 서비스인데요."

유민택은 피식 웃었다. 자신의 예상대로 노형진이 알아차린 것이다. 그래 놓고도 그냥 물러나면 속 터지니까 나서서 해결한 것이고 말이다.

"그럼 다른 건 어떻게 해야 하나? 자네의 고견이 있으면

듣겠네."

"고견요?"

"그래, 방금 법적인 문제를 해결하는 게 변호사라며? 그러면 이런 문제도 해결해야지. 안 그런가?"

노형진은 슬쩍 말을 돌리는 유민택이 얄미웠지만 일단은 조용히 넘어가 주기로 했다.

'뭐, 대룡을 이용할 기회는 여전히 많으니까.'

그런 것에 비하면 지금의 말 그대로 사소한 은혜 만들기 정도일 수도 있다.

"깡패 운전기사들 말씀이시군요."

"그래. 아무리 어플을 개발하고 있다고 하지만 그걸로 해결이 안 되는 부분도 있거든."

어플을 개발한다고 해도 그걸 사람들에게 널리 퍼트리는 데에는 상당한 시간이 걸릴 수밖에 없다.

더군다나 몇몇 지역은 어플로 택시를 부르느니 차라리 택시 승강장으로 가서 대기 중인 택시를 타는 것이 빠르다. 역이나 공항버스 터미널, 또는 번화가 등 소위 말하는 손님이 많고 돈이 되는 곳은 말이다.

"어플을 개발해서 주변에 뿌리는 건 장기적으로는 좋은 아이템이야. 그와 관련된 수익 모델은 우리 쪽에서 개발할 예정이니 문제는 없네. 문제는 그놈들이야. 우리 쪽에서 계속 조사하는 중인데 그 녀석들이 계속 영업을 방해하는 모양이야."

"경찰은…… 역시나죠?"

"그래. 그리고 촬영해서 신고도 했는데도 별로 반응이 없더군."

"이미 뇌물이 들어갔을 테니까요. 그리고 그렇게 해도 별로 소용없을 겁니다. 잡혀가 봐야 기껏해야 한두 명입니다. 이건 성화에서 조직적으로 벌이는 일이구요."

"흠……."

"그러고 보니 성화에서는 아직 반응이 없습니까?"

분명 성화에서도 대룡이 택시 업계에 진출한다는 사실을 알고 있을 가능성이 높다. 두 공룡이 진출한다는 말에 택시 업계는 비명을 지르고 있었지만 말이다.

사실 노형진은 그동안 자정 노력은 안 하고 운전기사들을 노예 취급한 그들이 전혀 불쌍하지 않았다.

"아직 없더군. 우리가 들어간 걸 모르지는 않을 텐데 말이야."

"아마도 우리가 단순히 자신들을 견제하기 위해서 들어간 거라 생각할 겁니다."

"그럴 가능성이 높네."

지금 대룡과 성화가 전쟁 중이다 보니 한쪽이 시작하면 다른 한쪽도 거기에 진출하는 경우가 많다. 성화는 아마 지금도 그런 상황일 거라 생각할 것이다.

'설마 자신들의 속셈이 드러났을 거라 생각하지는 못하겠지.'

물론 확실한 것은 김일성 회장을 만나 보면 읽어 낼 수 있겠지만 김일성 회장이 미치지 않는 이상에야 노형진을 만날 리 없다.

"그러면 어쩔 생각인가? 이대로는 계속 피해가 커질 텐데."

이미 조폭 운전기사들은 자리를 잡고서 자기네들 소속이 아닌 운전기사들을 협박하면서 쫓아내고 있는 상황이었다.

"공권력으로 해결하기는 힘들 겁니다."

지금이야 조용하지만 미래에는 이런 일이 매년 한 번씩 터지고는 했다. 무슨 뜻이냐면 제대로 처벌이 이루어지지 않는다는 소리다. 이런 게 걸리면 기본적으로 벌금이나 집행유예를 받는다. 그리고 그게 문제였다.

'기존의 택시 회사들이 욕먹는 이유이기도 하지.'

그런 일이 있으면 그런 사람들을 퇴출시켜야 정상이건만 택시 회사들은 사납금만 채워 준다면 범죄자라도 상관이 없다는 마인드로 딱히 제재를 가하지 않았다. 그런 식이다 보니 그런 자들은 사납금의 압박 때문에 더욱더 그런 범죄를 저지르게 되는 것이다.

"그러면 어쩌지?"

"글쎄요……."

노형진은 히죽거리면서 대답하지 않았다. 물론 그는 이미 그런 그들의 행동에 대해서 계획을 세워 둔 상태였다.

"저어도 자아알 모오르으으겠네요오오오."

유민택은 노형진이 자신을 부려 먹은 것에 대한 복수를 한다는 것을 알고는 쓸쓸하게 웃었다. 무척이나 어른스럽다가도 가끔은 이렇게 유치찬란해지는 게 노형진이었다.

'노 변호사는 갈피를 잡을 수가 없단 말이지.'

어찌 되었건 자신이 그에게 말도 안 하고 부려 먹으려고 했으니 당해도 뭐라고 할 수가 없었다.

"미안하네. 다음번에는 내 미리 말이라도 해 주지."

"맨입으로는 안 되는 거 아시죠?"

"끄응…… 하여간…… 돈도 많은 사람이……."

"세상은 돈만으로 모든 걸 해결할 수는 없죠. 돈이 아닌 힘이 필요한 경우도 있으니까요."

노형진은 확실히 돈이 많다. 하지만 힘 자체는 거대 기업인 대룡이 셀 수밖에 없었다.

"알았네. 내 충분한 대가를 치르도록 하지. 그럼 저 녀석들을 해결할 방법을 말해 보게."

"간단합니다. 그들도 우리와 똑같은 고민을 하게 만드는 거죠."

"……?"

유민택은 노형진의 설명을 이해하지 못하고 고개를 갸웃할 수밖에 없었다.

⚖

조진만은 요즘 들어 등골이 자주 오싹해졌다.

'도대체 왜……?'

문제는 단순히 느낌만으로 끝나는 게 아니라는 것이다.

'젠장…… 젠장…….'

며칠 전부터 자신의 택시를 집요하게 따라붙는 한 대의 차량. 그들은 무심하지만 확실하게 자신을 따라다니고 있었다. 자신이 어디서 누구를 태우든 누구를 만나든 그들은 언제나 자신들의 뒤에 있었다.

"어이, 조 형. 형도 느꼈어?"

"뭐 말이야?"

"저들 말이야."

자신에게 다가와서 고개를 까딱하는 동료 운전기사의 말에 조진만은 순간 침을 꿀꺽 삼켰다.

"그게 무슨 소리야?"

"형은 눈치 빠르잖아? 알 것 같은데?"

"설마 너도?"

"그래."

"젠장, 저 새끼들은 뭐야? 너 얼마나 된 건데?"

"닷새."

"난 벌써 일주일째야."

"그럼 나도 일주일이겠네. 내가 알아챈 게 닷새째니까."

자신을 따라다니는 불안한 그림자. 그들이 벌써 일주일이 넘게 자신들을 추적한다고 생각하자 조진만은 왠지 불안한 기분이 들기 시작했다.

"아니, 저 새끼는 뭐야? 조 형, 아는 거 있어?"

"있으면 내가 이러겠냐? 혹시 운전기사 새끼들이 보낸 거아냐?"

"그 병신들이 그렇겠어? 설사 그랬으면 벌써 싸움 났지."

하지만 그들은 운전기사들에게 겁주면서 협박해도 그저구경만 할 뿐 절대로 나서지 않고 있었다.

"젠장…… 이거 무슨 수를 써야 하는 거 아냐?"

"맞아. 내가 늦었다고 생각하면……. 저 새끼들이 우리 집을 알 수도 있다고."

조진만은 등골이 오싹했다. 자신이 남을 구타하고 돈을 빼앗는 깡패이기는 하지만 자신의 가족이 저들에게 알려져 있다는 생각을 하자 두려움이 몰려오기 시작한 것이다.

"아니야…… 그럴 리 없어……."

그는 애써 그런 느낌을 무시하면서 집으로 향했다.

그러나 불안은 언젠가 현실이 되기 마련이다. 조진만이 손님을 내려 두고 다시 역으로 돌아가는 그때였다.

띠리링, 띠리링.

다급하게 울리는 벨 소리에 조진만은 무심코 전화기를 받았다.

"네, 조진만입니다."

-조 형! 조 형!

"응?"

—지금 어디야!

"왜? 무슨 일인데?"

—씨발! 뒤에 사람 있어? 있느냐고!

"없어."

—그럼 뒷좌석 확인해 봐! 어서!

"뒷좌석?"

조진만은 다급하게 말하는 동료의 말에 무심결에 차를 세우고 뒷좌석을 확인했다. 그리고 거기에서는 흔해 빠진 종이봉투 하나가 놓여 있었다.

"종이봉투? 이게 뭔데? 전에 손님이 두고 내렸나? 그런데 그걸 네가 왜 나한테 말하는……?"

조진만은 그걸 집어 올려서 무심결에 그 안을 봤다가 사진을 발견하고는 깜짝 놀랐다.

"이건…….."

그 안에 있는 가족사진들. 그건 누가 봐도 자신의 가족들이었다.

—조 형도 받았지? 씨발…… 어떤 새끼야? 우리도 받았어. 얼마 전부터 우리를 따라다니는 그 새끼들 맞지?

하지만 조진만은 아무런 말도 하지 못하고 부들부들 떨기만 했다. 이런 일이 있을 거라고는 진짜로 생각도 못 했기 때문이다.

"이 새끼들이……."

─조직에서 당장 돌아오래! 이거 심각하게 회의해야 한다고!

"오냐! 당장 가마!"

조진만은 황급하게 택시를 회사로 몰았다. 그리고 회사에 도착하니 자신들의 동료들이 모여서 오만상을 다 찡그리고 있었다.

"어떻게 된 거야?"

"우리 따라다니는 그 새끼들이야."

누군가 나서서 퉁명스럽게 말했다.

"주요 멤버들한테 준 봉투가 전부 같아. 이 새끼들이 손님인 척하면서 두고 내린 게 분명해."

"이 개새끼들이……."

조진만은 이를 박박 갈았다.

"이거 어쩌지? 가족들을 대피시킬까?"

"어디로? 그리고 대피시킨다고 지킬 수 있겠어?"

이들은 얼마 전까지만 해도 대룡이 하던 고민을 똑같이 하기 시작했다. 누군지 모르는 녀석들이 지켜야 하는 대상을 습격한다는 것 말이다.

"이 새끼들 뭔데? 누구야? 택시 운전기사들이 고용한 거야?"

"그런 건 아닌 것 같아. 그랬으면 벌써 뭔가 있었겠지."

"그럼 뭐야!"

"다른 조직 아냐?"

"다른 조직?"

"그래. 우리가 그렇게 설레발치고 다녔으니 다른 조직이 나설 수도 있잖아."

"이런 쌍!"

확실히 그럴 수도 있다. 대놓고 폭력을 행사하면서 돌아다녔으니 아무리 지역 경찰들과 거래했다고 해도 다른 조폭들이 그냥 있을 리 없지 않은가?

"이거 항쟁 한번 해야 하는 거 아닙니까?"

"항쟁?"

"안 그렇습니까?"

하지만 이들이 대룡과 다른 것은 이들은 법은 안중에도 없는 범법자라는 것이다.

"음……."

"이대로 두면 우리한테 해코지할지도 모릅니다. 그리고 우리는 따로 움직인다고요. 저 새끼들이 기습하면 쥐도 새도 모르게 당하게 됩니다."

"그렇겠지."

그들은 그게 제일 걱정이었다.

차라리 한꺼번에 싸운다면 어떻게 함께 싸울 수도 있지만 그냥 따로 다니는 직업이다 보니 만일 녀석들이 각개격파를 하려고 한다면 속절없이 당한다는 소리다.

"하지만 저 새끼들이 어떤 새끼들인지 알아야 항쟁을 하든지 말든지 하지. 너무 넓잖아."

어떤 지역에서만 그러는 것도 아니고 서울 전역에서 자신들을 따라다닌다. 결과적으로 그들이 어느 지역 소속인지 그리고 몇 명인지조차도 불분명하다.

"그러면 우리가 모이면 되죠."

"뭐?"

"그 새끼들이 우리를 따라다니지 않습니까? 저 새끼들이 얼마나 되는지 모르지만 그 녀석들도 우리를 따라다니기 위해서는 세력을 나눠야 할 것 같은데요?"

"그러니까 우리가 뭉쳐 있으면 저 녀석들도 치려고 할 거다 이거야?"

"네."

"그냥 우리도 각개격파를 하는 게 어때?"

"만일 그렇게 하면 저 새끼들도 우리를 각개격파 하려고 나설 거야. 우리는 공식적으로는 택시 운전기사라고, 저 새끼들하고 다르게."

처음에 저 녀석들 중 한두 명은 각개격파를 할 수 있을지도 모른다. 자신들을 따라다니는 녀석들인 만큼 어디 조용한 곳으로 유인해서 파묻어 버리면 그만인 것이다. 하지만 그건 처음 한두 번만 먹힐 작전이다.

그렇게 되면 도리어 자신들이 불리해진다. 대기소에서는 함께 모여 있어서 괜찮지만 다른 곳에서는 그럴 수가 없다.

설사 대기소에 있다고 하더라도 손님처럼 가장해서 그를 끌어들이면 대책이 없다.

"그렇다고 손님을 안 받을 수는 없잖아?"

"그러지."

그렇게 되면 아무리 명목상에 모여 있는 자신들이라고 할지라도 성화에서 가만히 있을 리 없다. 성화의 회장인 김일성은 필요 없으면 바로 팽해 버린다. 단순히 버리는 정도가 아니라 아주 재기 불능으로 만들어 버린다. 만일 팽했는데 들고 일어나서 복수하면 곤란하기 때문이다.

"결국은 대판 한번 붙어야 한다는 뜻인데……."

"그 정도는 성화에서 인정해 줄걸."

"씨발……."

아무리 생각해도 소용이 없었다.

"경찰에 신고해 봐?"

"경찰? 미쳤냐?"

아무리 성화가 뇌물을 주고 자신들의 편의를 봐주고 있다고 하지만 경찰들은 자신들의 천적이다.

"더군다나 저 새끼들을 조사하다가 우리가 그동안 한 짓에 대한 증거가 나오면? 아무리 경찰이라고 해도 일이 커지면 손 못 써. 알아?"

"끄응……."

조진만은 고개를 끄덕거렸다. 사실상 이런 상황에서 해결책은 한 가지뿐이다. 바로 항쟁.

"그럼 적당하게 날을 잡지."

"어떻게 할까?"

"연장 챙기고. 장소는 적당한 곳이 있어. 그곳으로 오면 깡그리 밀어 버리자고."

그들은 흉흉하게 눈을 빛내기 시작했다.

⚖

"움직입니다."

노형진은 보고를 받고 고개를 끄덕거렸다.

"우리도 움직이죠, 준비는 다 되셨습니까?"

"네. 그나저나 노 변호사님도 대단하십니다. 어떻게 이런 생각을 다 하셨대요?"

노형진은 피식 웃었다.

"범죄자들의 머릿속이야 다 뻔한 거 아닙니까? 자기 버릇 개 못 준다고 했습니다. 자기들은 머리를 굴린다고 하지만 결국 결론은 하나거든요."

저들이 낼 수 있는 결론은 자신들과 싸우는 것뿐이다. 그리고 사실 노형진이 그럴 수밖에 없는 상황을 만들기도 했고.

"그런데 가족사진은 좀 위험한 거 아니었습니까?"

"글쎄요……. 경찰에 신고할 가능성도 있기는 했지만……

저 녀석들이 생각보다 굼떠서요. 이쯤되면 반격할 만한데 반응이 없으니 어쩌겠습니까? 자극을 좀 해 봐야지요. 사실 반쯤은 도박이었습니다. 만일 경찰에 그걸 가지고 갔으면 당분간은 손떼야 했지요."

"운이 좋았군요."

"뭐, 반쯤은요."

노형진은 저 멀리 가는 택시를 보면서 피식 웃었다.

"그나저나 저 녀석들은 우리가 따라가는 걸 알까요?"

"알 겁니다. 바보가 아닌 이상에야 이렇게 대단위로 움직이는데 모를 리가 있나요?"

수십 대의 택시와 그걸 따라가는 수십 대의 차량들. 누가 봐도 이상한 분위기.

"그러니까 자기 함정에 자기가 빠진 거죠."

"하하하."

고문학은 노형진의 말에 신나게 웃었다.

사실 이 작전을 듣고는 처음에는 어이가 없어서 말이 안 나왔다. 생각도 못 한 작전이었기 때문이다.

"대충 도착한 모양입니다."

갑자기 한쪽에서 방향을 돌려서 어디론가 들어가는 택시들. 그리고 그 택시들을 따라 들어가는 수십 대의 차량.

"어디서 기다릴까요?"

"일단 주차장은 아닐 겁니다. 거기는 시선이 너무 많아요."

"그렇겠지요."

아무리 늦은 밤이라고 하지만 이 시간에 산속에 있는 주차장에 아예 사람이 없는 것은 아니다.

"덕분에 우리가 아주 아주 흥하게 될 것 같네요."

"하하하."

노형진의 말에 다시 한 번 웃는 고문학이었다.

그러는 사이 택시 운전기사들은 천천히 택시에서 내려서 올라오는 길을 바라보았다. 그들의 행동을 읽은 노형진은 이곳이 저들이 정한 싸움판이라는 사실을 알 수 있었다.

"확실히 우리가 싸우려고 온 줄 아는 모양이군요."

"그렇겠지요. 누가 봐도 그럴 상황이니까요."

천천히 비탈을 올라가서 대룡 쪽 차량들의 주차장으로 들어가자 택시 운전기사들은 자신의 차에서 속칭 연장이라 불리는 흉기들을 챙기기 시작했다. 대놓고 이곳에서 끝장을 보자는 뜻이었다.

그들은 주차장에 차가 멈추자 자신들 먼저 산 위로 올라갔다.

그들이 모습을 감추자 노형진은 옆에 있는 고문학을 바라보았다.

"자, 그럼 사람들 올려 보내요. 너무 깊숙이 들어가지 말고 적당히 들어갔다가 나오라고 해요. 진짜 싸우면 곤란하니까. 그냥 우리가 따라 들어간다는 느낌만 주면 됩니다. 이곳에 신경 쓰지 못하게요."

"네."

고문학이 무전기로 명령을 내리자 차에서 내린 사람들은 천천히 산으로 올라가기 시작했다.

노형진은 그들이 어둠 속으로 사라지자 차에서 내려서 트렁크를 열었다. 그리고 거기에서 가방을 꺼내서 바라보면서 희미한 미소를 지었다.

"빙고."

$$⚖$$

"이 근처에 아무도 없는 거 맞지?"

"아, 거참, 조 형. 내가 여기 몇 번이나 왔는데 이 시간이면 여기 아무도 없어. 적당히 애들을 치워 버리기도 좋고, 저쪽으로 조금만 가면 절벽이야. 그리고 내일 새벽에 비 온다잖아. 장마라 사흘간 내린다는데 그쯤이면 흔적은 싹 사라질걸. 무엇보다 여기는 지형이 험해서 비가 오면 개미도 얼씬 안 해."

"그렇겠지."

조진만은 자신의 손에 들린 회칼을 보면서 침을 꿀꺽 삼켰다.

'젠장, 이게 잘하는 짓인지 모르겠다.'

할 줄 아는 게 이것밖에 없어서 이렇게 여기까지 오기는 했지만 그렇다고 진짜 싸우다가 죽고 싶은 생각도 없었다.

'씨발, 씨발……'

사실 여기에 있는 사람들은 대부분 실력도, 뒷배경도 없는, 무늬만 조폭인 자들이다. 이미 '진짜' 조폭들은 양성화를 꾀해, 건설부터 보디가드까지 여러 분야로 손을 뻗고 있기 때문이다.

'닝기미, 씨발……'

하지만 자신과 같은 평생 아래서 떨어지는 콩고물이나 주워 먹던 하위직은 그런 과실을 맛볼 수가 없었다. 그런데 성화가 세력을 모을 겸해서 양성화를 시도한다고 하자 자신과 같은 하위직들이 몰려든 것이다. 그래서 수적으로는 상당히 많기는 하지만 아직 체계도 잡히지 않은 상황.

"야, 지금이라도 그만두는 게 어때?"

"조 형, 그게 무슨 말이에요?"

"그렇잖아. 지금이 무슨 쌍팔년도도 아니고……"

지금은 이런 일이 벌어지면 대책이 없이 일이 커진다. 하지만 다른 사람들은 자신이 있었다.

"거참, 형, 우리 뒤에 누가 있는데. 성화가 있어요, 성화. 우리가 여기서 잘만 처리하면 거기서 잘 덮어 줄 텐데 뭘 걱정해요?"

"씨발, 성화가 내 배때기에 들어올 칼까지 막아 주는 건 아니잖아."

"거참. 형, 여기 안 보여요? 여기 있는 게 몇 명인데. 백 명이 넘어요. 요즘 조직 애들 중에 그렇게 덩치 큰 새끼들이 얼마나 돼요? 오면 그냥 밟으면 돼요."

"끄응……."

조진만은 불안한 감정을 감출 수가 없었다.

"안 될 것 같다. 난 여기서 빠질래."

결국 조진만은 자신의 인생을 조지고 싶지 않았기 때문에 자리에서 벌떡 일어났다.

"하지만 저 아래서 오고 있을 텐데요?"

"위로 갔다가 끝나면 내려가면 되지. 한여름에 산에서 얼어 뒈지지는 않겠지."

동료는 그래도 친한 사이라고 배신에 대한 것보다는 걱정해 주기는 했다. 하지만 그마저도 의미 없는 행동이 되어 버렸다.

"온다!"

저 멀리서 다가오는 손전등의 빛을 보면서 다들 침을 꿀꺽 침을 삼켰다. 그리고 다들 각자 무기를 꽉 쥐었다.

"이 근처에 아무도 없는 거 맞지?"

"맞아요."

"야. 숫자 얼마나 될 것 같냐?"

"한 서른 명쯤 되겠는데?"

"이 새끼들이 미쳤나? 우리가 백스무 명이 넘는데 고작 4분의 1로 덤빈 겨?"

숫자가 작다는 생각에 다들 얼굴이 환해졌다. 그러면 자신들이 다칠 가능성이 그만큼 낮아지기 때문이다.

"저기 있다!"

그 순간 산 아래쪽에서 고함 소리가 들려왔다. 그리고 이리 저리 주변을 비추던 손전등의 빛이 그 소리와 함께 택시 기자들에게 집중되었다.

"지금이야!"

택시 운전기사들은 드디어 상대 조직이 도착한 거라 생각하고 각자 연장을 들고 겁도 없이 자신들보다 훨씬 적은 숫자로 덤벼들려고 하는 작자들을 향해서 고함을 지르면 달려 내려가기 시작했다.

"야! 조져!"

"밟아!"

그리고 그 외침을 신호로 성화의 택시 운전기사들은 그 작은 무리를 향해서 달려가기 시작했다.

"우와!"

고함을 지르면서 달려가는 그들. 하지만 그들은 다음 순간 자신도 모르게 움찔하면서 멈출 수밖에 없었다.

탕탕!

하늘을 찢는 날카로운 총소리가 그들의 고막을 때렸기 때문이다.

"손들어! 움직이면 쏜다!"

"농담 아냐! 이 새끼들아 움직이는 새끼는 다 쏴 버린다!"

"손들어! 경찰이다!"

그들은 이쪽으로 달려들지 않았다. 하지만 그들의 손에는 하나같이 권총이 들려 있었다. 달려와서 그들과 거리가 가까워진 덕분에 그들의 복장을 알아본 운전기사들은 무척이나 놀랐다.

"경찰?"

"경찰이 왜……?"

자신들을 따라오는 놈들은 분명 조폭이었다. 그런데 난데없이 경찰이라니…….

"경찰 아닌 거 아냐?"

"그게 말이 되냐!"

복장도 그렇고 무기도 그렇고, 경찰이 분명했다.

탕!

다시 울리는 총소리. 하지만 이번에는 바닥에 있는 바위에서 팍 불똥이 튀었다.

"실탄이야, 이 새끼들아……."

경찰 중 한 명이 위협사격을 한 것이다. 그의 목소리는 엄청나게 떨리고 있었다.

'이런 씨발…….'

자신들은 숫자가 적다. 거기에다 저쪽은 칼이나 무기로 무장한 상태. 아무리 자신들이 총이 있다고 해도 싸움이 나면 불리할 수밖에 없는 상황. 물론 지지는 않겠지만 총을 안 쏠 수가 없고, 그러다가 사망자가 나오면 나라가 뒤집힐 것이다.

그래서 그런지 경찰들은 더욱 악을 쓸 수밖에 없었다.

"무기 버려, 이 새끼들아!"

"움직이면 대갈빡에 바람구멍 내 버린다!"

더군다나 아까 전 무전으로 들어온 내용은 그들의 심장을 미친 듯이 뛰게 만들고 있었다. 물론 그 내용을 모르는 운전기사들은 어쩔 줄 몰라 했다.

"어쩌지?"

"씨발…… 어쩌긴……. 우리가 싸울 수는 없잖아?"

아무리 자신들이 깡패라고 해도 상대방은 경찰이다. 더군다나 무장까지 한 경찰. 만일 저들을 제압한다고 해도 그다음에는 경찰 특공대가 기관총을 들고 달려올 게 뻔했다.

"일단…… 뭐가 어떻게 된 건지 모르니까 항복하자."

"그러자."

한두 명씩 무기를 내리기 시작하자 경찰의 목소리는 더욱 커졌다.

"무기 버리고 손들어, 이 새끼들아!"

⚖️

"푸하하하!"

모니터를 보며 신나게 웃는 유민택을 보면서 노형진은 쓴 웃음을 지었다.

"그렇게 재미있습니까?"

"암! 재미있지. 재미있고말고. 지금 당장 성화로 가서 김일성 그 노친네의 면상을 보고 싶은 기분이라고! 푸하하!"

그가 신나게 웃으면서 보는 것은 다름 아닌 경찰이 그곳에 있던 운전기사들을 잡아가는 사진이었다. 백 명이 넘는 조폭들이 줄줄이 경찰에게 잡혀 들어갔고 그 주변에는 경찰과 경찰 특공대 그리고 언론사 기자들까지 몰려들어서 마치 밤을 낮처럼 환하게 밝히고 있었다.

"난 말이야, 솔직히 그냥 깡패들을 겁줘서 물러나게 할 거라고 생각했네."

"그럴 놈들입니까? 그리고 그래 봐야 우리한테 돌아오는 이득은 없지요. 김일성 회장의 음모를 늦추는 꼴밖에 안 되기도 하고요. 궁극적으로 완전히 막아야 했으니까요. 어차피 있어 봐야 적의 손과 발이 될 녀석들이니까."

"그렇기는 하지. 으하하!"

유민택은 다시 모니터로 시선을 돌려서 관련된 뉴스만 찾아보면서 계속 웃고 있었다.

"아마 성화에서는 이번 사건을 수습하느라 엄청나게 고생 좀 할 거야."

"그럴 겁니다."

노형진은 마치 싸울 것처럼 분위기를 몰아갔고, 결국 그들을 한곳에 모으는 데 성공했다. 하지만 애초에 목적은 그들이 아니었다. 어차피 그들을 막아 봐야 똑같은 놈들은 또 생길 테니까.

'차량을 생각하지 못해서 다행이지.'

녀석들은 차량을 가지고 움직이는 택시 운전기사들이다. 노형진은 그런 그들의 특성을 생각해서 그들이 한곳에 모였을 때 그들의 차량을 노렸다. 차량을 불태우거나 부수면 문제가 될 게 뻔했다. 그래서 다른 방법을 썼다.

"무기라니, 으하하하!"

특별히 차량 절도범을 초빙해서 그들의 트렁크를 연 것이다.

"그나저나 그거 안 걸리겠나?"

"절대 안 걸립니다. 특별히 고문학 팀장이 밀입국해 있는 조선족들한테서 비싼 돈 주고 헌혈받아 온 거라서요. 우리나라 어디에도 등록되어 있지 있을 겁니다."

"그렇단 말이지? 으하하하!"

방법은 간단했다. 트렁크를 열고 거기에 도끼나 회칼이나 쇠 파이프 그리고 전기톱 같은, 누가 봐도 위험한 장비를 넣어 둔 것이다. 그것도 특별히 고문학이 가지고 온, 신분을 알수 없는 인간의 피를 묻혀서 말이다.

"조금만 조사하면 그 피가 인간의 피인 건 다 알 수 있지요. 그렇다면 과연 수십 명의 피가 묻어 있는 살인 장비들을 보고 경찰이 무슨 생각을 할까요?"

"그렇게 말이야. 으하하!"

경찰은 난리가 났다. 거기서 발견된 장비들을 조사해 보니 인간의 피, 그것도 수십 명의 인간의 피가 묻어 있는 장비들이었던 것이다. 그 상황에서 경찰이 가질 수 있는 가능성은 한 가지뿐이었다.

"그리고 그들은 모두 성화 소속이지요."

"그렇지. 아마 지금쯤 성화에서는 이걸 어떻게 해결하나 난리가 났을 거야. 으하하하!"

물론 시체도, 피해자도 없다. 하지만 괜히 노형진이 비싼 돈을 들여서 추적할 수 없는 조선족의 피를 가지고 온 게 아니다. 시체가 없으면 사건도 없다는 말이 있기는 하지만 이건 그걸로 넘어가기에는 심각하게 큰 사건이다. 벌써 언론에서는 사정없이 성화에 속한 택시 회사들을 때리고 있었다.

"그래서 회사에 있는 모든 범죄자들을 내쫓으라고 한 거구먼."

"네."

사람들은 경악하면서 계속 뉴스를 바라보았다. 그리고 무서워서 택시를 타겠느냐고 공포에 떨었다.

"그 상황에서 기사의 신분 확인까지 끝난 택시를 불러주는 어플이 있다면 사람들은 어떨까요?"

"자네 말이 맞아. 으하하!"

어플 자체는 얼마 전에 나왔다. 그러나 막 나왔을 때는 많이 퍼지지는 않았는데, 저 뉴스가 나가고 난 후 어플의 다운로드 수가 서버가 터져 나갈 정도로 늘어났다. 당연히 소속된 운전기사들은 행복한 비명을 지르면서 뛰어다녔다. 말 그대로 쉴 틈도 없이 손님이 불러 대기 시작했던 것이다.

어플이 퍼질수록 운수업계에서 대룡의 파워는 점점 강해질 수밖에 없는데, 그 어플을 이용하기 위해서는 다른 기업들도 월급제를 선택하고 대룡과 협약을 맺는 수밖에 없다. 아니, 그렇게 될 것이다. 당장 운전기사들이 장사가 안 되는 기업들에 가는 것보다는 대룡과 거래해서 장사가 되는 곳으로 가려고 할 테니까.

"이로써 대룡운수는 명실상부한 안전한 택시 회사라는 타이틀을 손에 넣은 셈이지요."

"으하하하!"

사실 대룡운수에서 벌어들이는 돈인 대룡의 입장에서는 그다지 많은 돈은 아니었다. 하지만 자신을 뒤에서 엿 먹이려고 하던 김일성 회장에게 제대로 역습을 가한 것이다.

"아마 김일성 회장은 같은 시도는 못 할 겁니다."

"그럴 걸세. 벌써 국회에서는 난리가 났으니까."

국민들의 공포가 극에 달하자 언론은 매일같이 이 소식을 전하고 있었고, 정치인들은 범죄자들은 택시를 운전하지 못하게 만드는 법을 만들겠다고 목소리를 높이고 있었다.

"아마 다시 택시 회사를 조직 집결의 수단으로 쓰지는 못

할 겁니다."

"그렇겠지, 흐흐흐."

유민택은 얼마나 웃었는지 눈물이 다 나는 표정이었다.

"끅끅…… 아이고…… 이렇게 웃어 보는 게 얼마 만인지도 모르겠군. 그나저나 그 기사 녀석들은 어떻게 될 것 같나?"

"저야 모르죠."

이 사건은 진짜로 어떻게 될지는 모른다. 기본적으로 시체가 없으면 살인도 없다는 것이 법적인 규칙이기는 하지만 그 연장에서 묻어 있는 피의 숫자는 서른 개가 넘는다.

더군다나 노형진은 그동안 그들이 다른 기사들을 폭행하고 협박하는 증거를 함께 제출했기 때문에 단순히 시체가 없다고 그냥 넘어가지 못할 가능성도 있다.

물론 그들로서는 억울할 수도 있다. 하지만 노형진은 절대 그들이 불쌍하지 않았다.

'결국 자기들이 선택한 거지, 뭐.'

그 장소에 갔다는 것 자체가 결국은 누군가에게 피해를 입히기로 결심했다는 뜻이다. 즉, 그들은 사회적으로 이미 암적인 존재인 것이다.

"아마 적당히 실형이 나올 겁니다."

"적당히?"

"네. 아무리 시체가 없다고 하지만 워낙 사회적으로 물의를 많이 빚은 사건이잖습니까? 시체가 없다고 저들을 풀어

이것이 법이다

주면 언론이 엄청나게 씹어 대겠지요."

"그렇겠지."

즉, 저들은 살인죄가 아니더라도 다른 죄목으로 실형을 피할 수 없을 것이다.

"그렇게 되면 성화의 김일성 회장도 당분간은 저런 녀석들을 못 구할 겁니다. 누가 같이 일하려고 하겠습니까, 그 아래에 있던 놈들이 다 잡혀갔는데?"

"하하하!"

유민택의 웃음이 다시 회장실에 울려 퍼지기 시작했다.

"행복해. 너무 행복해."

그는 진짜 행복한 미소를 보이고 있었다.

같은 시각.

뿌드득.

조용한 사무실 안. 그 안에서 들리는 이 가는 소리는 듣는 사람을 소름 끼치게 만들고 있었다.

"그래서 그렇게 당했다?"

"네…… 어떻게 들어갔는지는 모르겠지만 애초에 함정이 아니었을까 하는……."

"하는? 하는? 이봐, 김 사장. 내가 자네한테 왜 그렇게 돈을 투자했는데."

"……."

"지금 내가 멍청이로 보이나? 오랜만에 내가 돌아왔다고 지금 날 무시하는 건가?"

김 사장의 얼굴이 새파랗게 질렸다.

"아닙니다. 그럴 리가요. 절대 아닙니다."

김일성은 묘한 자격지심이 있었다. 원래 부자 출신이 아니라는. 그래서 자신을 무시하는 사람을 용서하는 법이 없었다.

"그런데 제대로 확인도 안 하고 보고하나? 내가 흐리멍덩한 거 싫어하는 거 잘 알 텐데."

"자세하게 확인해 보겠습니다."

김 사장은 진땀을 흘렸다.

아무리 노력해도 증거는 완벽하게 사라진 후였다. 그곳에 카메라도 없었고, 자신들을 따라왔다는 차량도 모두 렌터카였다. 빌려간 사람은 엉뚱한 외국인들.

당연히 그 연장의 구입처는 물론이고 그 연장에 묻어 있는 피의 정체도 아직 확인을 하지 못했다.

"다만…… 그 노형진의 솜씨가 아닐까 하는 생각을 하고 있습니다."

"노형진? 그 변호사 말인가?"

김일성은 기가 막혔다. 변호사가 주범이라니?

"그 녀석은 다른 변호사들과 좀 다릅니다."

"다르다?"

"네. 다른 변호사들이 사무실에서 종이를 끄적거리는 편이라면 그 녀석은 현장에서 뛰어다니는 타입입니다. 그리고 다른 변호사와 다르게 승리를 위해서는 뭐든 하는 놈입니다."

"뭐라고?"

노형진에 대한 세간의 평가와는 전혀 다른 이야기였다.

"하."

처음에 자신이 복귀했을 때 노형진이 얼마나 재롱을 떨 것인가 하고 비웃었다. 그런데 당하고 보니 재롱이라기보다는 상당히 아픈 펀치였다.

"변호사가 이런 일을 꾸몄단 말이지?"

"그럴 가능성이 높습니다. 증거는 없지만……."

증거를 심는 것은 명백하게 불법이다. 그럼에도 불구하고 그렇게 간단한 행위로 인해서 자신은 애써 모은 폭력 조직을 모조리 잃어 버렸다. 확실히 효율적인 방법이다.

"생각보다 아프군."

김일성은 얼굴을 만지작거리면서 이를 가는 수밖에 없었다.

다음 권으로 이어집니다

꿈의 도약, 로크에서 하십시오
(주)로크미디어에서 신인 작가를 모십니다

즐거운 세상, 로크미디어는 꿈을 사랑하고 도전을 두려워하지 않는 작가 분들의 참신한 작품을 기다리고 있습니다. 21세기 장르 문학계를 이끌어 갈 차세대 선두 주자 (주)로크미디어에서 여러분의 나래를 활짝 펴 보시길 바랍니다.

모집 분야 판타지와 무협을 포함한 장르 문학
모집 대상 아마추어 작가, 인터넷 작가
모집 기한 수시 모집
　　작품 접수 시 유의 사항
　　　1. 파일명은 작가명_작품명.hwp형식을 갖춰 주십시오.
　　　1. 파일에 들어갈 내용은 다음과 같습니다.
　　　　─ 성명(필명인 경우 실명을 밝혀 주세요), 연락처, 이메일 주소
　　　　─ 제목, 기획 의도
　　　　─ A4용지 1장 분량의 등장인물 소개
　　　　─ A4용지 2장 분량의 전체 줄거리
　　　　─ 본문
　　　1. 작품이 인터넷에 연재되고 있다면, 게시판명과 사이트의 구체적이고 정확한 주소를 기재해 주십시오.

선택된 작품은 정식 계약 후 출판물로 간행되어 전국 서점에 유통됩니다.
작가 분은 (주)로크미디어의 전폭적인 지원하에 전속 작가로 활동하시게 됩니다.
※ 자세한 내용은 로크미디어 홈페이지(rokmedia.com)를 참조하세요.

(03920)서울시 마포구 성암로 330 DMC첨단산업센터 3층 314호
(주)로크미디어 편집부 신간 기획 담당자 앞
전화 : 02 - 3273 - 5135
www.rokmedia.com　이메일 : rokmedia@empas.com

한길 판타지 장편소설

베일리의 군주

『다신 안 해』작가, 한길의 신작!
첫 장부터 화끈한 스피드를 즐겨라!

흑마법사에게 가족을 잃고 인생을 빼앗긴 앨런
허수아비 백작으로 이용당하던 중 진실을 알게 되었으나
결국 살해된 후, 정신을 차리니…… 과거로 돌아왔다?

새로운 삶에 적응하기도 전에
눈뜨자마자 마주친 전생의 원수를 폭풍같이 처단하고,
흑마법사의 출현을 보고하러 간 왕궁에서
국왕마저 쥐락펴락하는 놈들의 간계에 분노하는데……

사이다처럼 시원하게! 폭포처럼 통쾌하게!
흑마법사의 말살을 위한 사냥을 시작한다!